Lutz van Dijk

Überall auf der Welt

Coming-out-Geschichten

Mit einem Vorwort von *amnesty international*

Teile dieses Buches erschienen 1997 unter dem Titel
Coming out: Lesben und Schwule aus aller Welt
bei Patmos Verlag, Düsseldorf
und 1998 unter dem Titel
Coming Out – homo's en lesbiennes van de hele wereld
bei Stichting IVIO, Lelystad.

Erste Auflage März 2002

Umschlag und graphische Gestaltung von Sergio Vitale unter Verwendung zweier Photographien von Gaze International.
Gesamtherstellung: Druckhaus Köthen
ISBN 3-89656-077-8
Printed in Germany

Bitte fordern Sie unser Gesamtverzeichnis an:
Querverlag GmbH, Akazienstraße 25, D-10823 Berlin
http://www.querverlag.de

Inhalt

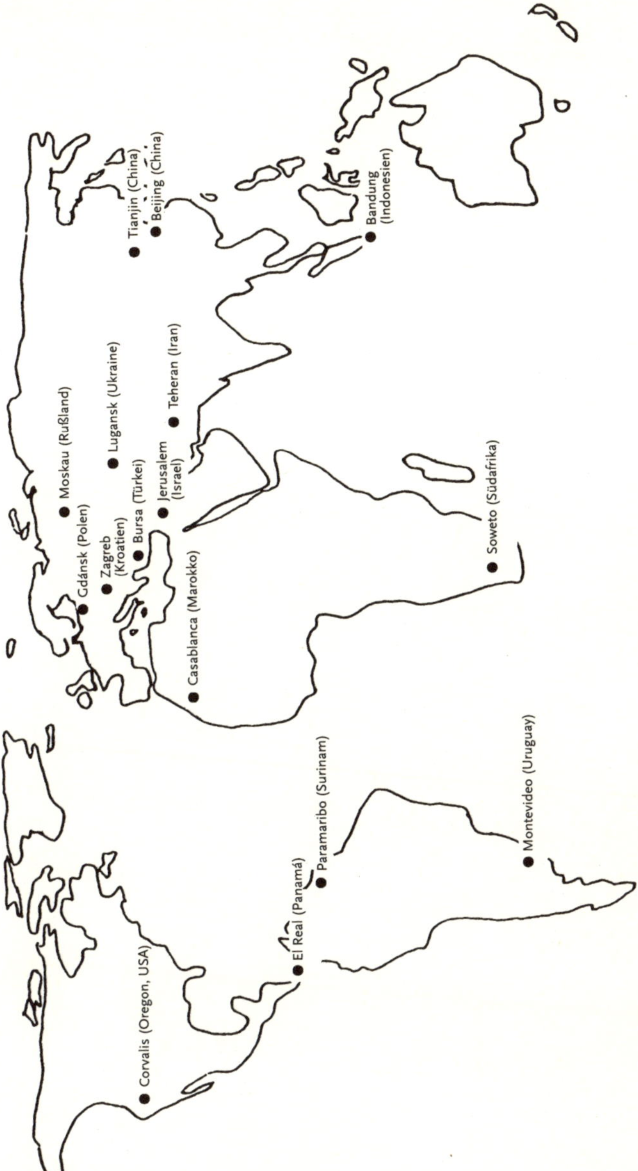

Überall auf der Welt: Wo wir unser Coming-out erlebten

Das Schweigen brechen

Vorwort von *amnesty international*[1]

Eine der Mythen rund um Homosexualität besteht darin, daß es sie angeblich überhaupt nur in wenigen Ländern gibt. Dieses Buch argumentiert nicht dagegen. Es bietet jedoch die Möglichkeit zum Zuhören – den Stimmen von Andrej, Nurgül, Cedric, Nada, Cecil, Nezha, Rui, Mary, Saïd, Ilana, Andrés und Elena. Diese homosexuellen Frauen und Männer gibt es. Sie brechen das Schweigen, und wenn Du auf die Weltkarte in diesem Buch schaust – es gibt sie überall. Wahrscheinlich sogar in Deiner Nähe.

Als eine internationale, basisorientierte Menschenrechtsorganisation hat *amnesty international* eine eigene Rolle zu übernehmen im Kampf gegen Menschenrechtsverletzungen, die gegen Lesben und Schwule gerichtet sind. 1979 erkannte *amnesty international* alle Inhaftierten, die sich für die Rechte von Homosexuellen eingesetzt hatten, als gewaltlose politische Gefangene an. 1982 verurteilte *amnesty international* die erzwungene „medizinische Behandlung" von Gefangenen mit dem Ziel, gegen ihren Willen eine Änderung ihrer sexuellen Orientierung herbeizuführen. 1991 erweiterte *amnesty international* ihr Mandat auf alle Gefangenen, die ausschließlich wegen ihrer Homosexualität, worunter auch ein-

---

1. Die persönlichen Aussagen, die in diesem Buch formuliert werden, geben nicht unbedingt auch die Meinung von *amnesty international* wieder.

vernehmliche homosexuelle Handlungen im privaten Rahmen zwischen Erwachsenen zählen, in Haft sind.

Seitdem waren wir in der Lage, Fälle homosexueller Frauen und Männer aus verschiedenen Ländern zu dokumentieren, die eingesperrt, gefoltert und zuweilen sogar ermordet worden waren, sowohl von sogenannten „Todesschwadronen" wie von gewöhnlicher Polizei. Viele der Quälereien und Erniedrigungen geschehen im Dunkeln ohne Wissen der Öffentlichkeit. Die Atmosphäre allgemeiner Intoleranz und Diskriminierung macht es Homosexuellen oft unmöglich, offen aufzutreten.

Der besondere Wert dieses Buches mit individuellen Berichten aus Ländern wie China, Iran, Rußland und vielen anderen ermöglicht demgegenüber einen persönlichen Einblick, wie junge Menschen in solch einer ablehnenden Atmosphäre überleben, wie sie für ihre eigene Identität als junge Lesben und Schwule streiten und wie sehr dies uns alle ermutigen kann, uns für Ehrlichkeit und Selbstachtung einzusetzen.

Andrej Maimulakhin

Träume eines Abenteurers aus Rußland

Andrej (6) nach Vaters Haarschnitt in Bangladesh.

Andrej (19) als Student in Lugansk.

Manchmal sehe ich meine Träume besonders deutlich. Dann kann ich eine Insel erkennen, wunderschöne Natur, nackte Kinder, die in der Sonne spielen, irgendwo in der Nähe des Ozeans ...

Einmal in meinem Leben war ich diesem Traum schon sehr nahe. Ich war knapp sechs Jahre alt, als Vater von der Ukraine nach Bangladesh geschickt wurde, das gerade unabhängig geworden war von Pakistan. Die sowjetische Regierung unterstützte das neugeborene Bangladesh mit verschiedenen Projekten: Eines davon war eine Schiffsbaufirma, bei der Vater als Dolmetscher für Englisch zwischen den russischen Ausbildern und den örtlichen Arbeitern fungierte.

Dieses eine Jahr in Bangladesh ist die bisher bunteste und reichste Periode meines Lebens. Obwohl ich noch so jung war, erinnere ich doch jedes Detail – die verschiedenen Menschen, die unbekannten Tiere und Pflanzen. Ich war fasziniert von Wasserfällen und hatte Angst vor Schlangen. Mein erstes Englisch bestand aus einem kleinen Vers, den Vater mir beigebracht hatte:

„Butterfly, butterfly, where do you fly,
so quick and so high in the blue sky ...“[1]

1. Deutsch: Schmetterling, Schmetterling, wohin fliegst du, / so schnell und so hoch in den blauen Himmel ...

In Bangladesh lernte ich Hunderte unterschiedlicher Schmetterlinge kennen. Auch meine Eltern genossen die Zeit in Chittagong, der zweitgrößten Stadt in Bangladesh, sehr. Bis heute sprechen sie von ihrer „Goldenen Zeit in Bengaliya". Alles schien möglich hier, alles war soviel aufregender als in Lugansk, jener Stadt mit etwa einer halben Million Einwohner im Osten der Ukraine, wo ich als ihr erstes Kind geboren worden war. In Lugansk hatten wir zu fünft in einer Wohnung zugebracht: mein Vater, der Englisch und Ökonomie am Moskauer Institut für internationale Beziehungen studiert hatte, meine Mutter, die als Bibliothekarin arbeitete, meine Großmutter, ihr zweiter Mann und ich.

Der einzige Mensch, den ich in Bangladesh vermißte, war meine geliebte Großmutter. Auch deshalb, weil es zwischen meiner Mutter und mir nie einfach war. Der Grund dafür ist vielleicht, daß wir beide starke Persönlichkeiten sind – und wie die meisten Mütter wußte auch sie immer, was besser für mich ist. Oft sagte sie zu mir: „Andrej, mach das so oder so!" Dann mochte ich es gar nicht tun. Oder sie rief: „Laß das!" Dann tat ich es gerade. Es war manchmal nur ein Kampf darum, wer stärker war. Weil ich noch klein war, verlor ich meistens. Dann fühlte ich mich schrecklich mißverstanden. Freiwillig hätte ich so viel mehr geholfen und getan. Einmal schaute ich lange Zeit aus dem Fenster, ohne ein Wort zu sagen. Da fragte sie mich: „Andrej, wohin schaust du die ganze Zeit?" Und ich antwortete ernst: „Ich suche eine neue Mutter!" Da war ich ungefähr fünf Jahre alt.

In Bangladesh entspannte es sich zwischen uns. Vater verdiente deutlich mehr Geld als in der Ukraine, Mutter konnte Dinge kaufen, die daheim unerschwinglich gewesen wären. Sie traf sich oft mit anderen Frauen aus der Sowjetunion. Alle genossen ihr Leben.

Es war etwa in der Zeit, als ich eine intensive Freundschaft mit einem anderen Jungen begann, wobei ich denke, daß es eigentlich mehr als Freundschaft war: Ich wollte mit diesem Jungen immer zusammensein. Er war ein Jahr jünger, ein kleiner russischer Junge, der so schön war, daß ich mich manchmal dabei ertappte, wie ich es einfach genoß, ihn anzuschauen. Nach einer Weile wollte ich ihm nicht nur immer nahe sein, sondern auch so sein wie er. Ein lustiges Ereignis: Einmal schnitt mir Vater die Haare, und ich bat ihn, mir die Haare wie die des kleinen Jungen zu schneiden. Der hatte ganz kurze Haare. Vater bemühte sich wirklich, schnitt hier und kürzte da – und schließlich hatte ich eine Glatze!

Als ich sieben wurde, mußte ich zur Schule, aber es gab keine russische Schule in Chittagong. So schickten mich meine Eltern allein zurück nach Lugansk zu meiner Großmutter, denn Vaters Vertrag war gerade um ein Jahr verlängert worden. Einerseits war ich traurig, Bangladesh und meinen kleinen Freund verlassen zu müssen, andererseits freute ich mich darauf, Großmutter wiederzusehen und auch unabhängiger von Mutter zu werden. So kam ich im Sommer 1976 zurück nach Lugansk.

Ich war glücklich, als mich Großmutter wieder umarmte. Sie ist so eine wunderbar hilfsbereite Frau. Ohne viel Worte gab sie mir immer das Gefühl, ein guter Mensch zu sein.

In der Schule hatte ich niemals intellektuelle Probleme. Manchmal, wenn der Unterricht zu langweilig war, begann ich zu träumen. Wenn ich heute die Augen schließe, kann ich mich noch immer jener Träume erinnern: warme Inseln mit gewaltigen Bergen, auf dem höchsten Gipfel ein wunderschönes Schloß, in dem ich lebe und über die Insel bis zum Meer schauen kann. In meinem Schloß wohnen nur Jungen, und alle sind meine Freunde. Obwohl mir klar war, daß ich träumte, waren die Träume doch so etwas wie eine zweite Wirklichkeit. Wenn Lehrer oder Mitschüler mich riefen: „He, Andrej, wo bist du?", dann brauchte ich ein paar Sekunden, um in die erste Wirklichkeit zurückzukehren.

Keiner meiner Lehrer oder Mitschüler kannte meine Träume. Etwas machte mich unzufrieden im wirklichen Leben. Ich suchte absolute Freude, vollkommene Wahrheit, perfekte Lebensfreude in meiner inneren Welt, wo sich alles nach meinen Gesetzen abspielte, wo mich niemand angreifen konnte, wo es keine Ungerechtigkeiten und keine Unterdrückung gab. Auf meinen kleinen Inseln und Planeten konnte ich ein Supermann oder eine Möwe sein. Diese Idee von Freiheit und Phantasie brauchte ich einfach zum Leben ...

Nach acht Jahren Volksschule wurde ich vorgeschlagen für eine Art Oberschule. Ich werde niemals meinen ersten Tag vergessen, an dem ich den neuen Klassenraum betrat. Ich war gerade 16, ein dünner Kerl mit großen Augen – und das erste, was ich sah, war er: ein anderer Junge in meinem Alter, aber größer und kräftiger, mit schwarzen Augen und schwarzem Haar. Er ist bis heute der schönste Mensch, den ich jemals in meinem Leben sah.

Anfangs war ich zu schüchtern, ihn auch nur anzusprechen. Ich saß in der hintersten Reihe, er ganz vorne in der Klasse. Ich erfuhr, daß sein Name Igor ist. Wenn du 16 bist, können Gefühle so unglaublich stark sein. Vielleicht niemals mehr im Leben kann Liebe so ehrlich sein wie in diesem Alter. Alles war so unschuldig, so rein.

Nach einer Weile wurden wir Freunde. Wir verbrachten mehr und mehr Zeit zusammen: viel Sport, Wanderungen in der Natur und philosophische Gespräche über uns und Gott und die Welt. Igor zeigte seine Sehnsüchte niemals offen, ganz zu schweigen von seinen Gefühlen. Aber ich wußte, daß er anders war. Wenn er mit Mädchen wegblieb, fühlte ich eine unbekannte Wut. Ich meinte, er würde unsere Freundschaft betrügen. Und in diesen traurigen einsamen Stunden wurde mir allmählich klar – ich war derjenige, der anders war.

Wenn ich heute an diese Zeit zurückdenke, dann ist es eine spannende Frage für mich, wie genau meine Gefühle gegenüber Igor zu benennen wären – die Gefühle eines schwulen Jungen gegenüber einem heterosexuellen: Liebe? Zuneigung? Freundschaft? Ich denke noch immer, daß es Liebe war. Wir hatten niemals Sex zusammen. Und doch lernte ich dank Igor wirkliche Liebe kennen. Heute bedeutet mir diese tiefe und verrückte Erfahrung erster Liebe sogar noch mehr – vielleicht das beste Geschenk, das man im Alter von 16 bekommen kann.

Zur gleichen Zeit begann ich, Jack Kerouac zu lesen. Am meisten mochte ich sein Buch *On the Road – Unterwegs*. Eines Tages gab ich mir selbst den Spitznamen *„Hobo"* aus diesem Buch – jemand, der ohne Geld um die ganze Welt reist. Ich war weiter ein Träumer, jedoch wurden echte Abenteuer allmählich herausfordernder für mich. Mit Igor und seiner Freundin Marina konnte ich Stunden darüber reden, wie es wäre, wenn wir flüchteten, um fremde Länder kennenzulernen, um mit Fremden zu reden und dadurch viel über die ganze Welt zu lernen. Weil ich einmal in Bangladesh gewesen war, wußte ich sicherer als andere, was schließlich noch alles möglich war.

Zwei Jahre später wechselten Igor und ich gemeinsam von der Oberschule auf die Universität von Lugansk. An der technischen Fakultät begannen wir ein Maschinenbaustudium. Wir waren inzwischen beide 18, aber ich war mir noch immer nicht hundert Prozent klar über mich selbst. Ich war noch nicht so weit, um mich selbst голубою – *„goluboj"* nennen zu können, was wörtlich „hellblau" im Russischen bedeutet. In der Alltagssprache sagt man das über jemanden, der schwul ist. Später bekam ich mit, daß Ausländer dieses russische Wort oft mißverstehen, weil es ein bißchen englisch klingt wie *„gay boy"* oder *„gold boy"*. Aber es bedeutet ursprünglich wirklich nur „hellblau".

Ich spürte schon lange, daß ich anders war. Aber ich war nicht nur deswegen anders, weil ich mich angezogen fühlte von anderen Jungen. Ich war auch anders, weil ich so eine extreme Sehnsucht nach Freiheit und Unabhängigkeit hatte. Eines Tages entschied ich: Du mußt jetzt einfach Sex mit einem Mädchen haben! Ich dachte es einen ganzen Tag lang. Am Ende dieses Tages jedoch fühlte ich ohne einen Rest von Zweifel: Nein! Das geht für mich nicht! Es war wirklich so einfach. Ich hatte nur diesen einen Tag Zweifel an meinen Sehnsüchten.

Mein einziges Problem wurde nun, daß ich Angst bekam, ich könnte der einzige sein. Ich hatte keine Angst, einsam zu sein, weil ich phantastische Freunde wie Igor und Marina hatte. Aber sexuell konnte ich mich so nicht weiterentwickeln. Ich fing an zu masturbieren, vergnügte mich mit allen möglichen aufregenden Phantasien von anderen Jungen oder Männern, aber fand keinen Weg, auch nur eine zu verwirklichen.

Kurz darauf erhielt ich meine Einberufung zur Armee. Eine völlig asexuelle Zeit begann. Ich wurde nach Deutschland geschickt. Meine Einheit war stationiert bei Torgau, jener berühmten kleinen Stadt am Elbe-Fluß, wo bei Kriegsende 1945 die Amerikaner zuerst auf die Rote Armee stießen. Normalerweise dauerte damals die Wehrpflicht zwei Jahre. Nach einem Jahr und ein paar Monaten jedoch wurden alle sowjetischen Studenten früher in die Heimat zurückgeschickt. Es war die große Zeit von Gorbatschow. Einmal hatte der Oberste Sowjet gefragt: Können wir die Studenten nach Hause schicken? Und Gorbatschow hatte geantwortet: Ja – wir brauchen jetzt alle Studenten dringend in Rußland! Ich war Gorbatschow lange sehr dankbar hierfür. Ich nahm mir vor, meinen ersten Drink auf sein Wohl zu nehmen, sobald ich wieder Zivilist sein würde. Und das tat ich.

Nach meinem Wehrdienst machte mir Vater ein großes Geschenk: Er kannte meine Träume vom Reisen, meine Sehnsucht nach Abenteuern.

Einmal hatte er von den örtlichen Parteiautoritäten eine Sechs-Tage-Reise nach Paris und London bekommen. Es herrschte noch der Kommunismus, er brauchte nichts dafür zu bezahlen. Er hatte etwas für die Partei getan und erhielt die Reise als Gegenleistung. Vater hatte sich entschieden, sie nicht selbst zu gebrauchen, sondern mir zu schenken.

Ich hatte nie vorgehabt, aus der Sowjetunion in den Westen zu emigrieren wie viele andere Leute, angeblich wegen des „besseren Lebens" dort, wie mehr Essen, mehr Kleidung, mehr Autos usw. Trotzdem hatte ich am Westen immer die größere Vielfalt bewundert. Ich hatte im Fernsehen schon Bilder von Paris und London gesehen, aber ich hätte nicht gedacht, einmal dort zu sein, mit eigenen Augen zu sehen, anzufassen ... Ich werde keinen Moment dieser sechs Tage jemals in meinem Leben vergessen. Niemals zuvor hatte ich so eine Freiheit und so einen Luxus erlebt, so viele Farben!

In Paris sah ich meinen ersten schwulen Pornofilm. In London besuchte ich einen schwulen Buchladen. Dort merkte ich, wie ein anderer junger Mann immer wieder zu mir hinschaute. Er war vielleicht zwei oder drei Jahre älter als ich und fand mich offensichtlich attraktiv. Ich war aufgeregt, aber fühlte mich nicht wirklich angezogen. Aber dann dachte ich bei mir: Jetzt oder nie! Ich ging langsam aus dem Buchladen. Er folgte. Noch immer war ein Abstand zwischen uns. Ich blieb stehen und schaute zu ihm hinüber. Was würde jetzt geschehen?

Ich hatte keine Idee. Schließlich berührte er seinen Hintern mit der Hand – und ich vermutete, daß dies das Zeichen sein könnte. Ich folgte ihm nun bis zu seinem kleinen Hotel. Es stellte sich heraus, daß er John hieß, aus Südafrika kam und ein Tourist war wie ich. Mit diesem Mann hatte ich mein erstes sexuelles Erlebnis. Es war nicht so umwerfend, das erste Mal schwuler Sex, weil er eigentlich nicht mein Typ war und außerdem Vorstellungen von Sex hatte, die nicht meine waren. Trotz allem fühlte ich – es war nicht er, den ich wollte, aber im Kern ging es um Jungen und Männer, die ich begehrte. Ich kehrte wesentlich erwachsener und stärker zurück nach Lugansk.

Nach meiner Heimkehr wußte ich, daß ich in diesem Leben würde kämpfen müssen – für meinen Nonkonformismus, für meine persönlichen und politischen Freiheiten. Ich begann, Briefkontakte zu suchen mit

Leuten in fernen Ländern – mit schwulen und anderen. Ihre Anschriften fand ich in den wenigen schwulen Zeitungen, die anfingen, in der Sowjetunion zu erscheinen. Zwei dieser Brieffreunde erinnere ich besonders: Einer arbeitete für die Kongreßbibliothek in Washington – der andere hieß Taylor, Anfang 20 wie ich, und lebte in San Francisco. Wir schrieben tiefschürfende Gedanken über abenteuerliche Lebensstile. Einmal war ich sehr beeindruckt, weil er einen Brief in einer Bar geschrieben hatte, die früher auch von Kerouac besucht worden war …

Gleichzeitig traf ich mich weiter mit Igor, der inzwischen Marina geheiratet hatte. Nicht viel später wurde sie schwanger. Igor und ich studierten noch immer. Meine eigene Familie war durch zwei kleine Schwestern größer geworden – Natascha und Katja.

Manchmal fuhr ich zusammen mit Mutter nach Moskau, eine Bahnfahrt von rund 23 Stunden. Meine Eltern hatten Freunde dort, und Mutter erledigte dann häufig gleichzeitig Einkäufe. Ich hatte herausgefunden, daß es in Moskau regelmäßig erscheinende schwule Magazine gab. Einmal hörte ich von einer Schwulendisco, die gerade eröffnet worden war. Es war nicht leicht, Mutter ohne lange Erklärungen loszuwerden. Aber schließlich gelang es mir. Ich eilte zu dem Ort, den man mir genannt hatte.

An diesem Abend traf ich Dzenya, etwa genauso alt wie ich. Er kam zu meinem Platz und lud mich zu einem Wodka ein. Wir tranken und unterhielten uns. Er wußte sofort, daß ich *goluboj* war. Er strahlte eine positive Idee von Schwulsein aus und half mir dabei, zum ersten Mal auszusprechen: Ich bin auch *goluboj*! Er verliebte sich dann sehr in mich. Ich leider nicht, aber wir wurden trotzdem gute Freunde und sind es noch.

Als Mutter und ich zurück in Lugansk waren, wollte ich ein schwules Leben führen. Dzenya hatte von den berühmten Treffpunkten der Schwulen in Moskau erzählt, wie es zum Beispiel seit Jahrzehnten der Platz mit dem Brunnen vor dem *Bolschoi*-Theater war. In Lugansk fragte ich mich nun: Wie könnte so ein Treffpunkt in der Stadt aussehen, in der ich geboren bin? Ich schaute mich um und dachte an einen großen Platz im Zentrum, auf dem eine hohe Säule stand. Ich hatte den etwas komischen Einfall, daß dieses Symbol anderen Schwulen auch etwas sagen könnte, und stand dort einige Abende in eisiger Kälte, aber konnte niemanden entdecken.

Dann wurde zum ersten Mal in der Geschichte von Lugansk ein Artikel in der örtlichen Zeitung unter der Überschrift abgedruckt: „Homosexuelle sind auch Menschen!" Am Ende war eine Anschrift für weitere Information angegeben. Ich schrieb sofort hin. Ein Mann lud mich zu einem privaten Treffen von Leuten ein, die sich für schwul hielten. Tatsächlich war es nicht eine Gruppe, sondern nur noch ein einziger weiterer junger Mann, der zu dem Treffen erschien. Sein Name war Sascha.

Auf den ersten Blick dachte ich: Oh, der ist ein ganzes Stück älter als ich! Aber dann begannen wir zu reden, und es stellte sich heraus, daß er genau so alt war wie ich. Ich begann, ihn zu mögen. Wir unternahmen viel gemeinsam. Vor allem wanderten wir viel im Grünen. Und wir gründeten die erste schwule Gruppe in Lugansk, die sich bei einzelnen Leuten zu Hause traf. Zu dieser Zeit gab es nicht eine einzige schwule Bar in ganz Lugansk.

Nach einer Weile spürte ich, daß ich verliebt war in Sascha. Wenn ich ihn ansah, war ich überrascht, wie gut er aussah, und staunte, daß es mir nicht gleich aufgefallen war. Er war wie eine vertraute Seele neben mir. Wir begannen, wunderschönen Sex zusammen zu erleben, voller Vertrauen, aber auch Leidenschaft und allen möglichen Phantasien. Im Sommer konnte man leicht Sex irgendwo in der Natur haben. Im Winter trafen wir uns meistens bei uns, weil ich ein Zimmer für mich allein hatte. Natürlich schloß ich die Tür ab, wenn wir zu zweit waren und nicht gestört werden wollten. Dies führte zu erneuten Spannungen zwischen meiner Mutter und mir, die rief: „Was macht ihr hier? Warum mußt du die Tür abschließen?"

Mir war klar, daß ich meinen Eltern die Wahrheit sagen wollte, aber wie? Eines Tages ging ich zu einer Ärztin, die Psychiaterin war, und fragte sie um Rat – nicht für mich, sondern wie ich es meinen Eltern sagen konnte. Sie war eine sehr dicke Frau, die geduldig zuhörte. Ich sagte: „Ich denke, ich muß weggehen von zu Hause. Ich bin ein Homosexueller und weiß nicht, wie ich es meinen Eltern erklären kann." Sie antwortete: „Oh, du bist homosexuell. Aber das muß doch kein Problem sein. Das kann ganz normal sein!"

Ich verließ sie erleichtert und schrieb meinen Eltern einen langen Brief: „Liebe Mama, lieber Papa! Mein Leben wird ein Abenteuer sein – ich bin schwul!" Dann schrieb ich noch eine Menge über mein Verständnis von Leben und Sexualität, so ehrlich wie möglich – und schließlich über meinen Besuch bei der Ärztin. Ich konnte kaum ihre Reaktion abwarten.

Die war jedoch eine große Enttäuschung. Meine Eltern hielten mich einfach für ausgeflippt: „Du bist verrückt. Du hattest schon immer komische Ideen. Immer wolltest du anders als die anderen sein. Hör jetzt endlich auf mit dem Unsinn!" Dann riefen sie die Ärztin an. Ich war bei diesem Telefonat nicht dabei. Aber später sagten sie zu mir: „Sie hat uns zugestimmt – du bist ausgeflippt, Andrej!" Ich konnte es kaum glauben und war sehr enttäuscht.

Ohne Sascha, Igor und Marina wäre alles jedoch noch viel schwieriger gewesen. Sie ermutigten mich die ganze Zeit. Einmal sagte Mutter zu mir: „Aber du kannst doch gar nicht homosexuell sein – du hast dich doch immer regelmäßig mit Marina getroffen!" Ich antwortete nur: „Nein, ich traf mich immer mit Igor!" Diese Art von Unterhaltung führte zu nichts.

Im Frühling 1993 wurde mir endgültig klar, daß ich niemals ein verlogenes Leben würde führen können. Ich würde nur unglücklich werden und vielleicht sogar krank, wenn es mir nicht gelänge, all dem zu entfliehen. Eines sonnigen Morgens packte ich ein paar Sachen zusammen und lief zum Hauptbahnhof von Lugansk. Ich ging direkt zu einem der Lokführer und fragte: „Ich habe kein Geld – bitte, könnten Sie mich mitnehmen Richtung Süden?" Zu meiner Überraschung nickte bereits der erste und ließ mich aufsteigen. Als der Zug anfuhr, fühlte ich ohne Zweifel: Alles wird gut werden, ich bin auf meinem Weg, ich bin ein richtiger *hobo*!

Ich verbrachte herrliche Tage auf der Krim, einer wunderschönen Halbinsel im Schwarzen Meer. Ich war einfach glücklich. Im Sommer dieses Jahres fuhr ich kreuz und quer durch die Ukraine und Rußland. Manchmal fand ich eine Arbeit, gerade genug, um weiterfahren zu können. Im Herbst 1993 kehrte ich zurück zu meinem Geliebten Sascha, zu Igor, Marina und ihren inzwischen zwei Kindern und zu meinen Eltern. Der erste Besuch bei meinen Eltern endete jedoch in einer Konfrontation: „Geh ins Krankenhaus, Andrej!" meinten sie.

Sascha und ich organisierten weiter Treffen unserer kleinen lesbisch-schwulen Gruppe in Lugansk. In Moskau hatte ich inzwischen Dima Lytchev kennengelernt, auch in unserem Alter, der bereits Herausgeber eines der ersten landesweiten Homo-Magazine war. Sein Magazin hieß *1/10*, was bedeutete: Vergiß nicht – einer von zehn ist wie wir!

Im Frühling 1995 informierte Dima uns, daß eine große Konferenz der *International Lesbian and Gay Association* (ILGA) in Kiew, der Hauptstadt der Ukraine, stattfinden würde. Kiew ist ungefähr 15 Zugstunden von Lugansk entfernt. Wir erfuhren, daß die Konferenz vor allem organisiert wurde für Homosexuelle aus ost- und südosteuropäischen Ländern. Als Sascha und ich uns entschlossen, nach Kiew zu fahren, dachten wir: Es könnte schön sein, andere Schwule und Lesben aus der Ukraine und aus anderen Ländern kennenzulernen, laß uns mal schauen und Spaß haben ... Wir wußten nicht, daß Kiew unser Leben ändern würde.

Zuerst war es wirklich einfach nur die wunderschöne Stadt Kiew: Es war ein warmer Frühling, wir liefen mit Freunden durch die Straßen, ausgelassen, trinkend, tanzend ... Gleichzeitig besuchten wir alle möglichen Arbeitsgruppen und Diskussionen. Wir hörten vom Anti-Diskriminierungsprojekt des Europäischen Rates und anderer politischer Netzwerke. In Kiew wurde schließlich die Idee eines *Dreieck Center für Schwule, Lesben und Bisexuelle in Rußland* geboren, dessen Sitz in Moskau sein sollte. Als wir zu der Frage kamen, wer in dem *Dreieck Center* arbeiten solle, schlugen Dima und andere überraschend mich als zukünftigen Direktor vor. Der Europäische Rat gab uns Startkapital für ein kleines Büro, in dem wir schon im Mai 1995 zu fünft beginnen sollten. Sascha und ich dachten gründlich nach, was wir wollten.

Schließlich entschieden wir uns für das Abenteuer. Wir besprachen unsere Situation mit Freunden in Lugansk und in Moskau. Dzenya, der erste schwule Mann, den ich vor Jahren in Moskau getroffen hatte, bot Sascha und mir an, daß wir vorerst bei ihm wohnen könnten. Er würde sogar überwiegend bei seinem Freund sein, so daß wir auch mal ungestört sein könnten. Das war ein ungeheuer solidarisches Angebot. Tatsächlich begann ich im Mai als Direktor des *Dreieck Center* mit einem Monatsgehalt von 170 US-Dollar, das für uns beide langen mußte.

Am 4. Mai 1995 wurde unsere Organisation aus der Taufe gehoben mit vier Zielen:

- Homosexuellen und bisexuellen Frauen und Männern einen Treffpunkt bieten.
- Die soziale und psychologische Entwicklung von Schwulen und Lesben fördern.
- Gegen Diskriminierung wegen sexueller Orientierung kämpfen.
- Homophobie in der Gesellschaft überwinden.

Wir begannen mit einem kleinen Büro im früheren Kulturpalast in Moskau, das uns nur wenig später von den Behörden wieder weggenommen wurde. Unsere Organisation und ihre Mitglieder haben seitdem viele Schwierigkeiten erfahren müssen. Im Juli 1995 verweigerte die Moskauer Justizbehörde die offizielle Anerkennung des *Dreieck Center*, weil „ihre Gründung im Gegensatz zu den öffentlichen moralischen Werten" stehe. Eine solche Anerkennung ist aber Bedingung für beinahe alle Aktivitäten in der Öffentlichkeit.

Schließlich fanden wir einen neuen Raum außerhalb der Moskauer Innenstadt im Keller eines Neubaukomplexes. Es gibt dort keinen Namen an der Tür, und man kann uns allein finden mit Hilfe von Freunden, die den Weg bereits kennen. Die russische lesbisch-schwule Bewegung ist noch am Anfang, und wir wollen keinerlei Monopolstellung.

Nachdem ich einige Monate im *Dreieck Center* gearbeitet hatte, führten einige interne Konflikte dazu, daß ich die Gruppe verließ. Ich war darüber anfangs sehr traurig, aber ich mußte lernen, daß wir eben wirklich noch eine sehr junge Bewegung sind mit allen nur vorstellbaren Problemen des Erwachsenwerdens. Zum Glück fand ich wenigstens einen anderen Job in Moskau, so daß Sascha und ich zunächst bleiben können.

Trotz aller Verantwortung, die ich hier lernte zu übernehmen, bin ich immer noch ein Träumer. Ich bin froh, daß es Sascha gibt, mit dem ich meine Träume teilen kann. Auch meine Eltern haben mich heute mehr akzeptiert und wissen von meinem Leben in Moskau. Ich hoffe, daß ich noch immer jung bin, weil ich meine Träume nicht verloren habe. Und es wird wieder Frühling werden ...

Nurgül Ol

Ein aufsässiges Mädchen aus der Türkei

Nurgül (9) in den Niederlanden.

Aufsässig? Ja, von außen mag das so ausgesehen haben, aber eigentlich war es vor allem eine Suche nach Liebe, nach Anerkennung – die wir doch alle so sehr brauchen. Wie sollen wir glücklich werden, ohne daß uns Menschen so lieben, wie wir sind?

Ich kam in einem Arbeiterviertel in Bursa auf die Welt, einer großen Stadt nicht weit von Istanbul, der Hauptstadt der Türkei. Mein Vater hatte dort ein Haus gebaut, in dem meine Mutter mit meinen vier wesentlich älteren Brüdern und meiner sechs Jahre älteren Schwester wohnte. Ich war nicht geplant gewesen, eine Art Unfall, der während Vaters alljährlichen Urlaubs in der Türkei passierte. Er lebte und arbeitete nämlich schon lange in den Niederlanden. Aber davon erzähle ich später mehr.

Mein Vater Bekir und meine Mutter Munire kannten einander aus Yesilova, ihrem Heimatdorf in der Nähe von Aksaray. Als Vater zurück vom Militärdienst war, sah er eines Tages, wie Mutter Wasser vom Brunnen holte. Er warf ihr einen kleinen Spiegel zu. So verliebte sie sich in ihn. Sie waren beide gerade mal 20 und haben einander also selbst ausgesucht. Das war damals in so einem Dorf keineswegs selbstverständlich, und das ist es dort bis zum heutigen Tag noch nicht.

Vater hatte eigentlich keine richtige Familie. Als er zwei Jahre alt war, starben seine Eltern, und er wuchs bei Nachbarn auf. Mutter stammte aus einer großen Familie mit elf Kindern. Die meisten Leute in ihrem Dorf sind Bauern. Viele haben Schafe. Mein Großvater zum Beispiel ist dafür bekannt, daß er besonders leckere Wurst und *çemen*, eine Art Brotbelag, macht.

Als ich im Erdgeschoß unseres Hauses in Bursa geboren wurde, war Mutter schon 40, und Vater lebte bereits seit vielen Jahren in den Niederlanden. Wenn ich jetzt an diese Zeit zurückdenke, habe ich kaum Erinnerungen an ihn. Es sind vor allem der Geruch seiner Koffer und seiner Pfeife, an die ich mich erinnern kann. Und daß er immer Geschenke mitbrachte, mir vor allem Süßigkeiten.

Ich war drei, als Vater uns in die Niederlande holte, nach Alkmaar, wo er arbeitete. Nur mein ältester Bruder, der bereits verheiratet war, und der jüngste, der noch zur Schule ging, blieben zurück. Vater sprach als einziger Niederländisch; er arbeitete für die Eisenbahn und konnte Leitungen reparieren. Ich war die zweite, die ziemlich schnell Niederländisch lernte. Noch ehe ich in die Schule kam, hatte ich von meinen Spielkameraden schon ein paar Wörter aufgeschnappt. Mutter dagegen hat nie richtig Niederländisch gelernt. Sie kann weder lesen noch schreiben, und deshalb ist das für sie sehr schwierig.

In der Schule, der Grundschule von Alkmaar, fühlte ich mich so richtig wohl. In unserem Klassenzimmer lag ein weicher Teppichboden, damit wir unsere Schuhe ausziehen konnten, das war sehr gemütlich. In meiner Klasse war noch ein anderes türkisches Mädchen, Nursen. Sie mußte ein Kopftuch tragen, ich nicht, obwohl wir beide einmal die Woche in die Koranschule gingen. Wegen des Kopftuchs wurde Nursen oft gehänselt. Das gefiel mir überhaupt nicht. Vor allem weil ich dann zwischen ihr und dem Rest der Klasse hin- und hergerissen war. Ab und zu ärgerte auch mich ein Junge, der Peter hieß und der dann rief: „Scheiß-Türken, verschwindet dahin, wo ihr herkommt!"

Meine besten Freunde waren drei niederländische Nachbarsjungen, die Zwillinge Hans und Bert und ihr kleiner Bruder Michiel. Mädchen fand ich eher langweilig, mit ihrem Getue um *Barbie*-Puppen. Mit Jungen war es spannender – auf Bäume klettern, miteinander raufen, Fußball spielen und mit *Kettcars* herumfahren. Die drei Jungen hatten auch tolles Spielzeug, das sie immer mit mir teilten.

Mein Lehrer, Herr Mier, war streng, aber auch lieb und manchmal sehr lustig. Während des Rechnens wurden wir schon mal müde, und dann gab er plötzlich ein lautes Geräusch von sich, um uns wachzurütteln, darüber konnten wir uns kaputtlachen. Ich hatte in der Schule keine Probleme, nur Lesen fiel mir manchmal schwer.

Meine Mutter blieb meistens zu Hause und lebte leider ziemlich isoliert. Wenn sie mal zum Arzt mußte, dann hatte ich mitzukommen, um zu übersetzen. In den Niederlanden war die Beziehung meiner Eltern nicht mehr richtig gut. Sie hatten oft Streit, und manchmal schlug mein Vater meine Mutter, und sie dann mich. Ich glaube, sie hatten sich auseinandergelebt, seitdem Vater aus der Türkei weggegangen war. Zu Hause wurde ich immer stiller. Draußen war ich wild und fand es einfach toll, auf der Straße zu spielen.

Mit zwölf gefiel mir ein niederländisches Mädchen in der Schule ganz besonders: Miranda. Sie war ein Jahr älter als ich und hatte braune Augen und ein kleines Muttermahl auf der Oberlippe. Ich weiß noch, daß ich einmal sogar von ihr träumte. Doch ich sagte zu mir selbst: Nein, ich bin in Gijs verliebt, einen hübschen Jungen mit blauen Augen, den mehr oder weniger alle Mädchen anhimmelten. Weder mit Miranda noch mit Gijs passierte weiter irgendwas.

Eines Tages kam Vater nach Hause und erklärte: „Wir gehen in die Türkei zurück!“ Ich war gerade 13 und kannte Bursa nur aus dem Urlaub. Damals gab es in den Niederlanden ein Gesetz, das festlegte, daß sich Gastarbeiter für ihre Aufenthaltserlaubnis Geld auszahlen lassen konnten. „Verzieht-euch-Prämie“ wurde das später auch genannt. Das tat Vater und ging mit Mutter und mir zurück. Aber ich glaube nicht, daß er es wegen des Geldes tat, sondern vor allem weil er Heimweh hatte.

Von einem Tag auf den anderen veränderte sich mein Leben von Grund auf: In den Niederlanden war ich es gewohnt, mit den Jungen auf der Straße zu spielen. In Bursa mußte ich dagegen Hausfrau spielen und den ganzen Tag abwaschen, bügeln, lauter Arbeiten im Haushalt erledigen. Mutter wachte über alles und hatte wieder eine wichtige Aufgabe.

Natürlich mußte ich zur Schule, aber auch die war ganz anders als in Alkmaar: Zuerst bekam ich, wie alle Mädchen auf dieser Schule, eine schwarze Uniform mit weißem Kragen. Ich war damals schrecklich dick, fast 75 Kilo schwer! Also wurde eine besonders große Uniform angefertigt. Außerdem durfte ich keine Ringe mehr tragen. Den Lehrern mußte stets mit Respekt begegnet werden, doch leider blieb es bei erzwungenem Respekt. Wer etwas sagen wollte, hatte zuerst aufzustehen. Ansonsten hieß es still sein. Mir kam das alles unfrei, gezwungen und unehrlich vor. Zu Hause stritten sich meine Eltern weiterhin. Früher hatte ich noch ein eigenes Leben auf der Straße und in der Schule gehabt. Das gab es nun nicht mehr. Ich fühlte mich schrecklich allein und wurde immer aufsässiger.

Alles wäre wohl noch viel schlimmer geworden, wenn ich nicht meine erste Freundin kennengelernt hätte. Eigentlich kannte ich sie – genau wie ein paar andere Mädchen, die in der Nachbarschaft lebten – noch von früher, aus unserem Dorf. Ich war mittlerweile 15 oder gerade 16, sie war schon zwei Jahre älter als ich.

Einige Zeit lang schauten wir einander nur ab und zu schüchtern an, ohne miteinander zu reden. Später erzählte sie mir, daß sie da schon sehr verliebt in mich gewesen war. Ich wußte nicht genau, was ich fühlte, aber ich fand es großartig, mit ihr über alles reden zu können. Und schon bald begann sie, mich auch zu streicheln. Ich war so glücklich mit ihr. Wenn ich nicht in der Schule war oder zu Hause helfen mußte, verbrachte ich die meiste Zeit mit ihr. Wir gingen Hand in Hand spazieren, was in der Türkei – übrigens auch unter Männern – nichts Aufsehenerregendes ist, anders als im Westen, oder wir lasen einander Gedichte vor. Sie schrieb wunderschöne Gedichte, manche nur für mich, und die habe ich aufgehoben.

Sie war ein so sanfter Mensch. Ich kann ihren Namen nicht nennen, weil sie noch in der Türkei lebt. Ich höre noch immer ihre liebe Stimme, und ab und zu träume ich von ihr. Manchmal war sie auch sehr witzig, sie konnte den Dialekt unseres Dorfes so niedlich nachmachen, darüber haben wir viel gelacht.

Ihre Mutter hatte schon lange Krebs. Eines Tages wurde es schlimmer, und wir sahen einander seltener. Dann starb ihre Mutter. Meine Freundin war so verzweifelt. Alles wurde noch schwieriger, weil ihr Vater wieder heiratete und sie eine schreckliche Stiefmutter bekam, die sie deutlich fühlen ließ, daß sie von unserer Freundschaft nichts hielt. Auch ich hatte zu Hause immer mehr Probleme. Vater, Mutter und ich sprachen fast nicht mehr miteinander, jeder lebte in seiner eigenen kleinen Welt.

Eines Tages verließ meine Freundin ihre Familie, um allein in der Innenstadt von Bursa zu wohnen. Wir sahen einander noch seltener. Und ich? Ich wollte zurück in die Niederlande. Ich hatte meinen Hauptschulabschluß gemacht, war ein weiteres Jahr auf eine höhere Schule gegangen und arbeitete nun in verschiedenen Jobs, pflückte im Sommer mit anderen Frauen Pfirsiche oder füllte in einer Fabrik Feigen in Dosen. Aber ich fühlte mich überhaupt nicht zu Hause. Ich wollte zurück, zurück in die Niederlande.

Von meiner ersten Liebe wußte außer uns beiden niemand. Wenn wir allein sein wollten, gingen wir in einen Keller, wo Holz für den Ofen lag. Einer der Söhne meiner Tante sagte einmal zu uns: „Ich kapiere einfach nicht, was es mit eurer Freundschaft auf sich hat." Wir lachten nur und erwiderten nichts. Vielleicht hatte ihre Stiefmutter uns am Ende durchschaut. Doch es gab nie ein offenes Gespräch darüber.

Meine Schwester war in den Niederlanden geblieben, und über sie versuchte ich nun, an eine neue Aufenthaltserlaubnis zu kommen. Aber wir bekamen nur ein „Nein!" zu hören. Vater und Mutter wollten auf keinen Fall zurück. Sie hinderten mich nicht in meinen Bemühungen, obwohl ich gerade erst 17 war. Ich ging wegen des Visums nach Istanbul und Ankara, und meine Schwester wandte sich wiederholt an die türkische Botschaft in Den Haag. Endlich fand der Anwalt meiner Schwester ein Hintertürchen: Es gab nämlich ein Gesetz, das bestimmte, daß ausländische Kinder, die schon einmal zehn Jahre in den Niederlanden gelebt hatten und noch keine 23 waren, zurückkommen durften. Und das traf genau auf mich zu!

Mit 18 durfte ich zurück nach Alkmaar, um bei meiner Schwester, die mittlerweile 24 war, zu wohnen. Wir hatten große Pläne, wie wir zu zweit zusammen wohnen wollten. Kurz vor meiner Abreise aus der Türkei rief sie mich an und sagte, daß sie sich in einen türkischen Mann verliebt habe und mit ihm und mir zusammenleben wolle. Sie fragte mich, ob ich das unseren Eltern erzählen könne. In mir waren zwei Gefühle im Widerstreit: Ich wollte mit ihr allein wohnen, aber ich wollte sie auch nicht bei unseren Eltern im Stich lassen. Ich wußte: Für ihre Freiheit zu kämpfen hieß auch, für meine Freiheit zu kämpfen. Also erzählte ich es ihnen, und Vater und Mutter wurden sehr böse, weil ihre Tochter mit einem Mann zusammenleben wollte, ohne zu heiraten. Auch meine Brüder waren wütend, und die ganze Familie fand keine Ruhe, bevor nicht zumindest Verlobung gefeiert wurde.

Ich zog also bei ihnen ein. Leider verstand ich mich mit ihrem Freund von Anfang an nicht gut. Er war ein traditionsbewußter Türke, der Mann und Frau jeweils eine bestimmte Rolle zuwies. Ich war so enttäuscht von meiner Schwester, zu der ich von allen in der Familie noch die beste Beziehung hatte. Ich fühlte, daß auch sie nicht wirklich glücklich war, sie saß zwischen zwei Stühlen, zwischen ihm und mir. Nach acht Monaten hatte ich eine eigene Wohnung in Alkmaar gefunden.

Zunächst besuchte ich einen Sprachkurs, was aber nicht wirklich nötig war, weil ich ja schon gut Niederländisch konnte. Schnell fand ich Arbeit in einem Motel. Nach einem halben Jahr wollte ich eine Ausbildung machen, besuchte ein Jahr lang einen Kurs zur beruflichen Orientierung und begann danach eine Ausbildung zur Polizistin, die ich aber abbrach, um mich auf einer Fachoberschule zur Sozialarbeiterin ausbilden zu lassen. Seit ein paar Monaten habe ich in diesem Beruf auch eine gute Stelle. Ich arbeite mit großer Freude als Kindergärtnerin in der Krippe *Habibo* an der Prinsengracht in Amsterdam. In meiner Gruppe sind Kinder von Eltern, die gerade erst in die Niederlande gekommen sind und aus Marokko, der Türkei, Indonesien, Ghana und sogar aus China stammen.

Doch was passierte alles seit meiner Rückkehr in die Niederlande? Es sollte die schwierigste Zeit meines Lebens werden. Schließlich war ich kein Kind mehr. Ich wußte, daß ich anders war als die meisten Frauen, die ich kannte. Trotz der glücklichen Momente mit meiner ersten Freundin hatte ich mich in der Türkei immer mies gefühlt, auch schuldig, ein schlechtes Kind Gottes! Einmal erzählte ich meiner Schwester von meinem Verlangen nach anderen Mädchen und Frauen, aber sie meinte nur: „Findest du das nicht selbst eigenartig?"

Natürlich fand ich es eigenartig. Wie hätte ich es sonst finden sollen? Eine sehr einsame Zeit begann. Mit niemandem konnte ich über meine geheimen Gefühle sprechen. Innerlich hatte ich Gott und dem Islam einen Tritt verpaßt; von Religion wollte ich nichts mehr wissen. Ich versuchte, einen neuen Freundeskreis aufzubauen. In Alkmaar gab es eine Gruppe fortschrittlicher türkischer Frauen, die vor allem Theater spielten. Dieser Gruppe schloß ich mich an, aber auch dort erzählte ich nichts.

Ich war oft sehr traurig. Wie sollte ich mir ein Leben aufbauen? Wem konnte ich vertrauen? Es ging mir nicht gut. Meine Umgebung wurde zum Spiegel meiner selbst. Alles schien schwierig und verworren. Endlich sprach ich doch einmal offen mit einer meiner besten türkischen Freundinnen. Sie reagierte nicht unfreundlich, aber das Schlimme war: Sie erzählte es binnen kurzem allen Freunden in Alkmaar weiter – mit dem Ergebnis, daß ich in der Frauengruppe nicht mehr willkommen war. Das war der Tropfen, der das Faß zum Überlaufen brachte. Ich brach völlig zusammen, lag zwei Wochen lang allein auf meinem Bett und haderte mit mir und der Welt. Ich wußte weder ein noch aus. Gerade von den Frauen aus der Gruppe hatte ich mehr erwartet: Sie bezeichneten sich selbst als fortschrittlich, aber sie hatten lauter Vorurteile.

In dieser Zeit besuchte mich niemand. Wäre ich gestorben, so hätte es niemand bemerkt. Doch schließlich stand ich nach zwei Wochen wieder auf, holte tief Luft und dachte: Ich will leben, mein Leben leben! Und ich lasse mich durch nichts und niemanden mehr runterziehen!

Kurze Zeit später kamen zwei Frauen aus der Gruppe vorbei und brachten mir Blumen und ihre Entschuldigungen. Das fand ich nett, aber es war jetzt eigentlich nicht mehr nötig.

Ich war fest entschlossen, mit den mir wichtigen Menschen nun offen über mein Lesbischsein zu sprechen. Mein jüngster Bruder war inzwischen Theaterregisseur in den Niederlanden und kannte selbst ein paar Schwule und Lesben aus der Theaterwelt. Für ihn war das kein Problem. Während meines nächsten Urlaubs in der Türkei wollte ich es meinen Eltern erzählen. Ich überlegte mir jeden Tag aufs neue, wie ich es ihnen beibringen sollte. Am letzten Tag sagte ich schließlich: „Ich mag Frauen. Ich werde euch nie einen Schwiegersohn ins Haus bringen, sondern vielleicht eine Schwiegertochter." Gefaßt auf alles, schaute ich erst meine Mutter, dann meinen Vater an. Sie blieben ganz ruhig. „Habt ihr wirklich begriffen, was ich gesagt habe?"

„Ja", antwortete mein Vater. „Du bist alt und klug genug, um dein eigenes Leben zu führen." Mein älterer Bruder meinte: „Warum gehst du nicht zum Arzt?"

Ich fühlte mich nach diesem Gespräch nicht so erleichtert, wie ich gehofft hatte. Sie hatten weder böse noch freundlich reagiert, sondern gleichgültig. Das fand ich zu diesem Zeitpunkt am schlimmsten.

Als ich zurück in den Niederlanden war, machte ich mich auf die Suche nach anderen türkischen Schwulen und Lesben. Ich hatte davon gehört, daß es eine Gruppe namens *Strange Fruit* gibt, in der sich vor allem ausländische Homosexuelle treffen. Anfangs war ich zu ängstlich, um dort alleine hinzugehen. Also fragte ich eine nicht lesbische türkische Freundin, ob sie mit mir hingehen wolle. Sie war mutiger als ich und sagte: „Klar, laß uns da gemeinsam hin!"

Gleich am ersten Abend lernte ich Çem Ariklar kennen, einen jungen türkischen Schwulen, der die niederländische Sektion von IPOTH ins Leben gerufen hatte. IPOTH ist die Abkürzung für *International Platform of Turkish Homosexuals*, eine Organisation, die es unter anderem auch in Deutschland und Großbritannien gibt. Mit Çem freundete ich mich schnell an. Für die Niederlande haben wir IPOTH einen anderen Namen gegeben: *Organisatie voor seksuele rechten en vrijheid* (Organisation für sexuelle Rechte und Freiheit). Sie hat hier ungefähr 150 Mitglieder. Vor einem Monat bin ich von Alkmaar nach Amsterdam in eine Wohnung umgezogen, die wir „Das rosa Dach" nennen, ein Zuhause für Jugendliche, die wegen sexueller Unterdrückung nicht mehr bei ihrer Familie wohnen können. Das betrifft nicht nur Homosexuelle, sondern zum Beispiel auch Mädchen, die beschimpft werden, weil sie nicht mehr Jungfrau sind. Ich lebe dort, um diese Jugendlichen zu unterstützen und sie aufgrund meiner eigenen Erfahrung zu beraten. Einmal habe ich von IPOTH aus auch niederländische Lehrer unterrichtet. Am wichtigsten in Gesprächen mit Jugendlichen finde ich, über Liebe und nicht nur über Sexualität zu sprechen und keine derben Wörter zu gebrauchen. Das Verlangen nach Liebe kennt jeder, und darum geht es doch schließlich.

Das bedeutendste Ereignis des vergangenen Jahres fand noch in Alkmaar im Bus statt: Ich verliebte mich in die indonesische Busfahrerin der Linie, mit der ich jeden Tag fuhr. Sobald ich mir darüber im klaren war, sah ich sie jedoch plötzlich nicht mehr. Ich bekam Angst, daß sie einen Unfall gehabt haben könnte. Ich betete, daß sie wieder den Bus fahren möchte. Und dann sah ich sie eines Tages auf der Straße in meinem Viertel. Sie erzählte mir, daß sie verheiratet gewesen sei und gerade ihr Coming-out gehabt habe. Ich bin so voller Liebe zu ihr. Und ich bin weniger aufsässig, weil ich einen Weg gefunden habe, ein wertvolles Leben zu führen. Voller Liebe zu mir selbst und zu anderen.

Aus dem Niederländischen von Rainer Falk

Cedric M. Lepelblad

Als Kind schon anders in Surinam

Cedric (10) mit seinem Bruder Vincent (links).

Cedric heute.

Meine Mutter war total verknallt in meinen Vater, als sie ihn kennenlernte. Und manchmal denke ich, daß sie ihn immer noch liebt, obwohl sie schon lange nicht mehr zusammen sind.

Nun, meine Mutter stammt aus einer zwar nicht reichen, aber doch wohlhabenden Familie. Ihre Mutter, meine Großmutter also, wuchs bei einem Onkel auf, der mit Kakao und Gummi handelte und mehrere Plantagen besaß. Mein Vater war hingegen nur ein Arbeiter, der Vorarbeiter der Schmelzhütte von *Suralco*, einem großen Bauxitunternehmen in Surinam. Eigentlich ein sehr verantwortungsvoller Beruf. Aber das zählte nicht. Mein Vater hatte in den Augen der Familie meiner Mutter keinen „gesellschaftlichen Status". Er wurde schlichtweg abgelehnt.

Doch Liebe ist zum Glück oft stärker als Vorurteile. Was machten Vater und Mutter, beide gerade Anfang 20? Sie trafen sich heimlich, mit Hilfe von Freunden, bei denen sie geheime Verabredungen trafen. Das war nicht so einfach: Meine Mutter lebte im Zentrum von Paramaribo, Vater eine Viertelstunde Fahrzeit davon entfernt. Als meine Mutter 22 war, wurde sie mit mir schwanger.

Erst im sechsten Monat ihrer Schwangerschaft traute sie sich, es ihrer Familie zu erzählen, meiner Großmutter und deren Schwester, Tante Nora, bei denen sie aufgewachsen war. Sie reagierten mit Wut und Schweigen. Oma und Tante Nora, die bei allem, was in der Familie geschah, die entscheidende Rolle spielten, waren böse. Wie hatte das nur passieren können? Natürlich wollten mein Vater und meine Mutter heiraten. Niemals! Welche Zukunft konnte ein Arbeiter einem Mädchen schon bieten? Nein, nein und nochmals nein!

Tante Nora hatte neben einer starken Persönlichkeit auch viel Einfluß, weil sie als alleinstehende Frau in Paramaribo große Unabhängigkeit erlangt hatte: Sie besaß einen eigenen Frisiersalon, daher eigenes Geld und gute Kontakte zu anderen wohlhabenden Leuten, die das nötige Geld hatten, um zum Friseur zu gehen. Eine weitere Besonderheit: Tante Nora reiste viel, zum Beispiel nach Curaçao und nach Barbados, aber auch regelmäßig in die Vereinigten Staaten.

Meine Mutter arbeitete als Pflegerin im staatlichen Krankenhaus in Paramaribo. Und dort kam ich schließlich auch zur Welt. Später hat man mir erzählt, daß Tante Nora bis zu diesem Tag nichts von mir hatte wissen wollen. Als Mutter und ich nach Hause kamen, wollte sie uns nicht mal begrüßen. Aber dann fragte meine Großmutter: „Die junge Mutter braucht etwas Ruhe. Nora, möchtest nicht du den kleinen Cedric baden?“ Ohne ein Wort zu sagen, nahm mich Tante Nora behutsam auf den Arm und badete mich. Und von diesem Augenblick an sorgte Tante Nora für meine Erziehung und alles, was dazugehörte – im wahrsten Sinne des Wortes. Meine Mutter mußte wieder zum Arbeiten ins Krankenhaus. Tante Nora erklärte: „Mil, das ist besser für dich. Eine Frau muß selbst für sich sorgen können.“ Als ich zu sprechen anfing, nannte ich sie „Mama Nora“, und zu meiner Mutter sagte ich „Mil“, sie heißt eigentlich Mildred. Und das ist so geblieben, Tante Nora ist jetzt 93. Mama Nora!

Dieses Arrangement wurde auch beibehalten, als meine Mutter zwei Jahre später wieder schwanger war und mein Bruder Vincent auf die Welt kam. Doch durften meine Eltern jetzt endlich heiraten. Selbstverständlich fand die Hochzeit im Haus von Großmutter und Tante Nora statt! Wenn ich mir die Photos von damals anschaue, bin ich sehr stolz auf meine Eltern: Nicht nur weil sie beide wunderschön sind, sondern auch weil sie durchgehalten haben, trotz all des Drucks ihrer Familien. Ich war ihnen auch nie böse, daß sie mit dem kleinen Vincent in ein winziges Zimmer zogen und ich bei Tante Nora blieb. Bei ihr kam ich nicht zu kurz. Hier wurde mir alle Aufmerksamkeit zuteil, und von ihren Reisen brachte sie immer das neueste Spielzeug mit. Außerdem hatten Oma und Mama Nora immer Hunde, die meine besten Freunde waren. Rob und Rex zum Beispiel, die nun schon lange tot sind. Ich habe sie später selbst in unserem Hinterhof begraben, mit Blumen und allem, was zu einem richtigen Begräbnis gehört.

Die ersten wirklichen Schwierigkeiten gab es, als ich vier war und von Tante Nora in einen privaten Kindergarten geschickt wurde. Ich fand es dort schrecklich! Vom ersten Augenblick an ärgerten mich die anderen Kinder. Ich wußte überhaupt nicht, warum.

Es wurde noch schlimmer, als ich auf eine staatliche Grundschule gehen mußte, die *Stehling*-Schule in Paramaribo, mit 35 bis 40 Schülern in einem Klassenzimmer. Es ging immer darum, sich durchzusetzen und zu schauen, wer der Stärkste war. Normalerweise machte ich da nicht mit. Aber für ein Kind ist das natürlich auch nicht leicht. In jeder Pause stand ich allein unter einem Baum und aß mein Pausenbrot. Niemand, der nach mir schaute, niemand, der mit mir spielte. Ich wollte nach Hause, in unseren Garten und mit Rex und Rob spielen oder mit meinen schönen Spielsachen. Ich fühlte, daß ich anders war als die anderen Kinder, aber ich konnte es nicht in Worte fassen. Selbst als einige der Kinder Mädchennamen nach mir riefen, wußte ich gar nicht, was das sollte.

Leider waren auch die Lehrer überhaupt nicht nett zu mir. Besonders Frau Risti war richtig gemein. Noch immer werde ich schrecklich wütend, wenn ich an sie denke. Ich weiß nicht, was ich täte, wenn ich ihr plötzlich auf der Straße begegnen würde. Auf dieser Schule waren Prügelstrafen noch üblich, besonders bei Frau Risti. Schrecklich. Zum Beispiel Bibelkunde. Man mußte alle Bücher des Alten und des Neuen Testaments aufsagen können, und wenn man das nicht konnte, schlug sie einem auf die Hände. Ich bekam jede Woche mein Teil ab. Nicht der körperliche Schmerz war am schlimmsten, sondern die Erniedrigung. Weil ich immer weniger bei ihr lernte, mußte ich die dritte Klasse wiederholen. Nicht mal sonntags hatte ich frei, da mußte ich in die Sonntagsschule der Evangelischen Brudergemeinde, noch so ein Trauma. Was man Kindern nicht alles antut.

Dann ließ sie mich auch in der vierten Klasse sitzen. Im Sommer ertrank Frau Ristis Ehemann bei einem Unfall. Als sie beim Begräbnis klagend rief: „Was hat er getan, daß er sterben mußte?“, dachte ich: Das ist dafür, daß du mich immer geschlagen und erniedrigt hast.

In der vierten Klasse tat ich überhaupt nichts mehr für die Schule. Ich war, mit fast zwölf Jahren, in meiner Klasse der Älteste. Ich weiß nur noch, daß ich mich nicht mehr von jedem ärgern ließ. Eines Tages fing Daniel, ein chinesischer Junge, Streit mit mir an. Obwohl er jünger war als ich, war er genauso groß. Aber ich war mit meiner Geduld am Ende. Ich rief nur: „Wenn du mich auch nur anfaßt, setzt es was!“ Er schaute verdutzt und ließ von mir ab. Auch der Rest der Gruppe hatte verstanden.

Mama Nora machte sich natürlich immer größere Sorgen über meine Zukunft. So konnte das nicht weitergehen. Es gab nur zwei Möglichkeiten: Arbeit oder auf eine andere Schule. Mama Nora entschied sich für die zweite. Von meinem zwölften bis zu meinem vierzehnten Lebensjahr durfte ich auf die private Neue Schule in Paramaribo, auf die vor allem Kinder niederländischer Herkunft gingen.

Was für eine andere Welt! Die Lehrer schenkten jedem Kind die nötige Aufmerksamkeit, der Unterricht richtete sich nach dem Einzelnen, und zugleich wurden wir zu Gruppenarbeit ermutigt. Plötzlich lief alles glatt. Nach kurzer Zeit gehörte ich zu den Klassenbesten! Alles fiel wie eine schwere Last von meinen jungen Schultern. Ich war nicht mehr der einsame Junge, mit dem niemand spielen wollte. Immer noch war ich anders als viele andere Kinder, das fühlte ich, aber hier war jeder ein wenig anders.

Besonders meine Lehrerin Astrid – wir nannten alle Lehrer beim Vornamen – war großartig. Neben meiner Tante Nora war sie diejenige, die mir Selbstachtung beibrachte. Ich werde sie nie vergessen. Noch immer höre ich ihre Stimme im Klassenzimmer: „Ich stehe hier schließlich nicht zum Spaß!“ Und dann wußten wir, daß wir wichtig für sie waren!

Zum ersten Mal im Leben hatte ich auch Freunde und Freundinnen. Ich wurde zu ihnen nach Hause eingeladen. Besonders hübsch fand ich Helmut, einen weißen Jungen mit rotem Haar. Ich hatte noch nie jemanden mit so schönem dichten roten Haar gesehen. Ich dachte, daß es sich toll anfühlen müßte. Aber ich traute mich nie, es anzufassen. Jedenfalls haben die zwei Jahre mich viel stärker gemacht für alles, was danach kommen sollte.

Gegen Ende meiner Schulzeit beschloß Mama Nora, in die Niederlande zu ziehen. Deshalb war es keine große Überraschung, als sie mir eines Tages mitteilte, daß auch ich in die Niederlande kommen müsse. Ich wußte nicht viel über die Niederlande und dachte nur: Schlaraffenland! Ich war einfach neugierig. So brach ich eines Tages von Paramaribo nach Amsterdam-Schiphol auf, mit einem Flugticket, das Mama Nora mir geschickt hatte. Ansonsten hatte ich nur ihre Telefonnummer und 100 Gulden in der Tasche. Am 25. August, einem warmen Sommertag, kam ich in Schiphol an. Ich war 14, und niemand erwartete mich. Mama Nora hatte den Zeitunterschied vergessen. Also ging ich meine 100 Gulden wechseln und rief sie an: „Wo bleibst du, Mama Nora?"

Das erste, was wir in Amsterdam gemeinsam unternahmen, war, in der Kalverstraat Pommes zu essen – und Mohrenköpfe. Ich fand, daß Holland nach grünen Äpfeln roch. Schon nach drei Tagen drückte ich die Schulbank in *De Bontekoe*, einer multikulturellen Schule in der Van Ostadestraat in Amsterdam. Ich hatte Glück: Hier herrschte, wie auf der Neuen Schule in Paramaribo, ein gutes Klima mit viel Unterstützung für jeden. Mein Lehrer Willem war einer der besten. Im Laufe der Zeit wurde er wie ein Vater für mich.

Hier wurde ich zum ersten Mal in „sexueller Aufklärung und Drogen", wie das in Gesellschaftskunde hieß, unterrichtet. Das war schon ein großer Unterschied zu Surinam. So offen und frei über alles zu reden, und das auf einer Schule! Über Sexualität, über Drogenabhängigkeit, über Safer-Sex usw. Mir schwirrte der Kopf vor lauter neuen Begriffen. Einmal saß ich nach der Schule mit ein paar Freundinnen im Bus nach Bijlmer, dem Viertel, wo ich wohnte, als eine von ihnen sagte: „Cedric, siehst du den Jungen, der gerade aussteigt? Das ist ein Schwuler."

„Woher weißt du das?" fragte ich und dachte bei mir: Was in Gottes Namen ist nun gleich wieder ein Schwuler? In Surinam sagte man zu Schwulen *„gomangs"* oder auf Papiamento *„maricoe"*. Das Wort „schwul" kannte ich nicht.

„Er trägt den Ohrring rechts, siehst du das nicht?"

„Ja, klar!" rief ich, ohne etwas verstanden zu haben. Ich dachte, daß Schwule irgendwas mit Drogen zu tun hätten, und fragte mich, mit welchen.

Kurz darauf kamen all diese Begriffe im Unterricht an die Reihe: schwul, lesbisch ... Ach, dachte ich, das bedeutet schwul. Was soll denn daran falsch sein? Ich konnte nichts Verkehrtes daran finden, sagte aber nichts. Obwohl unser Lehrer Willem ohne Vorurteile über Schwule sprach, fühlte ich wohl, daß sich das nicht gehörte, daß das nicht üblich war.

Mein Zuhause war jetzt eine Vier-Zimmer-Wohnung in Bijlmer, wo Mama Nora mit einer Nichte, deren kleinem Sohn und mir wohnte. Eines Abends sahen wir im Fernsehen eine Ballettaufführung an. Ich fand die Tänzer sehr schön und sagte das auch. Meine Tante erwiderte am nächsten Tag: „Wenn ich es nicht besser wüßte, würde ich sagen, daß du auch so einer bist." Du solltest es wirklich besser wissen, dachte ich mir. Ich war mittlerweile 15 und hatte noch nie einen Mann wirklich vollkommen nackt gesehen. Plötzlich wollte ich noch so viel wissen. Aber wie nur? Wen konnte ich fragen? Ich ging also auf der Suche nach Büchern in eine öffentliche Bibliothek. Ich begann, alles zu lesen, was ich über Homosexualität finden konnte.

Es wuchs langsam in mir. Ich kapselte mich anderen gegenüber immer mehr ab. Meine Clique aus der Schule ging regelmäßig in Discos. Doch darauf hatte ich immer weniger Lust. Was wollte ich? Was war mein Verlangen? War ich wirklich auch so einer? Einmal fragte mich mein Lehrer Willem, ob ich nicht mal mit ihm reden wolle. Er sah, daß ich in Schwierigkeiten war, aus denen ich nicht herauskam. In der Schule wurde ich auch immer schwieriger im Umgang. Ich machte, was ich wollte, und ich weigerte mich, darüber zu sprechen. Erst nachdem mich Willem eines Tages vom Unterricht suspendiert hatte, war ich zu einem Gespräch bereit. „Warum bist du so verstockt, Cedric?" fragte er. Keine Antwort. Nachdem er mich wiederholt gedrängt hatte, gab er mir eine Adresse, wo ich eventuell leichter reden könnte. Der Name sagte mir zunächst nichts: *Schorerstichting*. Ich ging mit Willem zusammen dorthin, auch weil ich selbst immer unglücklicher wurde. Dort begegnete ich einer großartigen Frau, die mich aufforderte, all meine Zweifel zu äußern. Ich sagte: „Ich bin vermutlich bisexuell." „Gut", sagte sie. „Ich finde Männer schön und interessant." „Gut", sagte sie wieder. Und da erzählte ich ihr alles, von den Ballettänzern und von meinen Freunden, die in „normale“ Discos gingen. Sie ließ mich einfach erzählen. Am Ende war klar: Ich war auch so einer. Gut.

Aber noch wußte ich nicht, wie ich es zu Hause erzählen sollte, und vor allem nicht Mama Nora. Eines Tages lief ich in Bijlmer durchs Einkaufszentrum. Eine Frau, die meine Großmutter kannte, rief mir hinterher: „Joosje!“ Also den Mädchennamen meiner Oma. Wütend drehte ich mich um: „Ich heiße Cedric, verdammt noch mal!“ „Ach, das hätte ich nicht gedacht!“ sagte sie mit einem zynischen Lächeln. Ich war total wütend. In diesem Augenblick beschloß ich, mit Mama Nora darüber zu reden. Schließlich war ich mit Sätzen wie „Sei ehrlich zu dir selbst und zu anderen!“ aufgewachsen. Dafür war es jetzt höchste Zeit.

Ich ging direkt zu ihr und sagte: „Ich glaub, ich bin homosexuell, Mama Nora.“

Zuerst brach sie in Tränen aus. Danach erzählte sie es meiner Tante und rief Willem an. Dann gingen wir – meine Mama Nora, schon weit über 70, und ich, mittlerweile 16 – zusammen zu der Frau von der *Schorerstichting*. Was für eine gute und kluge Person! Mama Nora und ich sprachen bei ihr so offen miteinander.

„Du wirst so nicht glücklich werden, Cedric!“ sagte Mama Nora.

„Doch“, erwiderte ich. „Alles wird gut.“

Sie liebte mich nicht weniger. Ich fühlte, daß sie mich nie allein lassen würde.

Danach war es, als ob eine Tür aufgegangen wäre. Zum zweiten Mal in meinem Leben war eine Last von meinen Schultern gefallen. Erleichtert ging ich wieder zur Schule. Ein paar Tage später schrieb ich während der Mathestunde Martin, dem tollsten Typen der Klasse, einen offenherzigen Liebesbrief. Und es passierte, was passieren mußte. Der kleine zusammengefaltete Brief wurde aufgemacht, bevor er Martin erreichte. Plötzlich brach ein Teil der Klasse in Gelächter aus. Martin wußte noch immer nicht, was los war. Irgend jemand rief: „Cedric ist verknallt in dich, Martin!“

Martin bat um den Brief. Ich wußte nicht, was ich sagen sollte. Er las den Brief und sagte dann ruhig: „Ich bin nicht so, aber das ist okay, Cedric!“

Er schaute mich offen an. Niemand lachte mehr. Ich war stolz: auf Martin und auf mich selbst. Das war mein Coming-out in der Schule.

Mein bester Freund in der Schule wurde schließlich Meindert, auch ein bildschöner Junge und auch nicht schwul. Wir riefen einander fast jeden Tag an. Stundenlang konnten wir über alles reden. Mit ihm und seiner Freundin Irene verbrachte ich jedes Wochenende. Als er 17 war, warfen ihn seine Eltern aus dem Haus. Eine Zeit lang konnte er bei Willem und dessen Frau Liesbeth wohnen. Das fanden wir großartig. Dort, auf dem Dachboden des Hauses, hatte ich zum ersten Mal in meinem Leben mit einem Jungen Sex, mit meinem besten Freund Meindert. Es war an einem Abend, an dem er sehr traurig war über den ganzen Streit mit seinen Eltern, und ich versuchte, ihn zu trösten. Zuerst hielt ich ihn in den Armen, und dann umarmte auch er mich. Wir haben es beide genossen, auch weil wir einander so gut kannten und hundertprozentig vertrauten. Bis zum heutigen Tag hängt ein Photo von Meindert, meinem ersten Freund, bei mir im Schlafzimmer.

Ich war der Meinung, daß ich auch andere Schwule kennenlernen sollte. Ich hatte unter anderem von der *Thermos*-Sauna in Amsterdam gehört. Dort ging ich eines Abends hin und blieb bis in die Morgenstunden. Die Besitzer, John und Jan, fragten mich, ob ich Lust hätte, mit zu ihnen zu kommen. Hatte ich. Meine zweite sexuelle Erfahrung machte ich also gleich mit zwei Schwulen auf einmal. Ich fand es spannend und gar nicht seltsam. Obwohl ich noch so jung war, wußte ich, das es gut für mich war. Es war noch nicht die große Liebe, aber es brachte mich auf den richtigen Weg.

Erst viel später, ich hatte schon zwei Ausbildungen hinter mir und war Anfang 20, lernte ich meine große Liebe kennen: Arnold, einen weißen Niederländer, mit dem ich viele Jahre zusammenbleiben sollte. Es war witzig, wie ich ihn kennengelernt habe: in einem Nachtbus. Er wäre fast aus dem Bus gefallen, der sehr voll war, und ich fing ihn spontan auf. Er bedankte sich dafür, und wir schauten einander in die Augen. So fing es an.

Später habe ich noch eine weitere Ausbildung absolviert: Ich arbeite jetzt als Büromanager oder Chefsekretärin, das darf man ruhig so sagen. Ich wollte das unbedingt machen, obwohl ich weiß, daß es immer noch ein typischer Frauenberuf ist. Aber was zählt, ist die Qualität meiner Arbeit. Ich lebe offen schwul. Wenn das jemandem nicht gefällt, ist das sein oder ihr Problem.

Wenn es je einen Krieg geben sollte, in dem Schwule verfolgt werden, werde ich als Widerstandskämpfer daran teilnehmen. Ich bin Cedric, geboren und aufgewachsen in Surinam, und ich bin schwul. Das werde ich nie leugnen.

Aus dem Niederländischen von Rainer Falk

Nada Pinterič

Aufgewachsen an der Küste Kroatiens

Nada (7, ganz links) mit ihrer Klavierlehrerin und anderen Schülerinnen in Split

Nada (22) als Studentin in Zagreb.

Nada zu Besuch in Zagreb heute.

Das Meer – Rauschen von Wellen, die an Felsen zerschmettern; Einatmen von salziger Luft; grünblaue Farben des Wassers, die das Gold und Silber des Sonnenlichts reflektieren. Das Meer – Element meiner Kindheit, Tage voll sportlicher Aktivitäten, Schwimmen, Rudern, Segeln, der erste Sonnenbrand im Mai, die letzten warmen Sonnenstrahlen im September. Das Meer gab mir Orientierung im Leben, ließ mich wissen, wo Norden und Süden sind, und niemals verlorengehen, auch nicht später in den fremdesten Umgebungen.

Geboren wurde ich einige Jahre nach dem Ende des Zweiten Weltkrieges in der Hafenstadt Split an der Küste Kroatiens, das damals Teil des kommunistischen Jugoslawien war. Vor dem Krieg hatte meine Familie zu den wohlhabenderen Leuten der Stadt gezählt, weil mein Großvater Besitzer einer Nudelfabrik war. Nach dem Krieg verloren sie alles, weil die Fabrik von der neuen Regierung zum Staatseigentum erklärt wurde.

Meine Mutter Mila klagte niemals darüber. Vom ersten Tag an sagte sie: „Es gibt genug Arbeit, die getan werden muß! Ich werde Geigenunterricht geben!" Und das tat sie. Sie hatte am Konservatorium studiert und war ausgebildete Geigerin. Immer war sie beschäftigt. Tagsüber gab sie verschiedenen Gruppen Stunden. An den Abenden war sie bei allen möglichen kulturellen Aktivitäten engagiert; so leitete sie zum Beispiel einen klassischen Chor.

Mein Vater Drago war ein völlig anderer Mensch. Er war einige Jahre jünger als Mutter, weswegen ihr wirkliches Alter immer geheimgehalten wurde. Vom Typ her war er durchaus charmant, aber einfach sehr faul. Irgendwie war er mehr wie ein weiteres Kind von Mutter als wie ein Vater. Ziemlich oft ermahnte Mutter ihn: „Drago, schau nach den Schularbeiten der Kinder!“ Oder: „Bleib nicht immer so lange im Badezimmer!“ Dann antwortete er meist: „Okay, in Ordnung, ich komme gleich!“ Aber er blieb immer ganz entspannt, zog es vor, die Zeitung zu lesen, anstatt nach uns Kindern zu schauen. Er hatte einen Job im Hafen: Morgens mußte er für die Hafenverwaltung die neu ankommenden Schiffe überprüfen. Den Rest des Tages hatte er frei und unternahm auch keinerlei Mühe, noch etwas anderes zu arbeiten. Mutter war zu Hause der Chef.

Als ich geboren wurde, gab es bereits drei ältere Brüder. Der größte war sieben Jahre älter, der kleinste zwei Jahre älter als ich. Von Anfang an fühlte ich mich geachtet und geliebt von meinen Brüdern. Selbst als ich noch sehr klein war, nahmen sie mich immer mit zu ihren Spielen an den Strand. Die ersten Jahre, erinnere ich mich, spielten wir oft Krieg – kämpfende Soldaten, die einander mit Steinen bewarfen, anstatt mit Waffen zu schießen. Der richtige Krieg war in den Köpfen der meisten Menschen noch sehr präsent.

Vor dem Krieg war Kroatien Teil Jugoslawiens gewesen, damals eine Monarchie, in der verschiedene Nationalitäten nebeneinander lebten. Während des Krieges wählte Kroatien die falsche Seite. Zusammen mit zuerst Italien, dann Deutschland unterdrückte die faschistische kroatische Regierung die Serben, die Juden und oppositionelle Kroaten. Im Laufe der Zeit schlossen sich mehr und mehr Menschen den gegen Hitler kämpfenden Partisanen an, die jedoch auch viel interne Auseinandersetzungen hatten. Die kommunistischen Partisanen, angeführt von Josip Broz „Tito“ und unterstützt von den Alliierten, gewannen schließlich. Nach 1945 wurde Tito Präsident eines kommunistischen Jugoslawien. Während der letzten Kriegsmonate hatte sich auch Vater noch den Partisanen angeschlossen, aber niemals in einer bedeutsamen Rolle. Ich kann mir gut vorstellen, daß er auch als Partisan schon gesagt hatte: „Okay, in Ordnung, ich komme gleich ...“

Tito versuchte zeitlebens, seine eigene Art von Kommunismus zu verwirklichen mit soviel Unabhängigkeit von Moskau wie möglich und offenen Türen gegenüber dem Westen. Der eiserne Vorhang des früheren Ostblocks hatte jugoslawische Fenster: Jugoslawien war im Vergleich zu einigen anderen kommunistischen Ländern niemals ein Gefängnis. Doch werde ich nie vergessen, wie ich als Kind Mitglied der *Jungen Pioniere* wurde, der kommunistischen Jugendorganisation, die für jeden Pflicht war. Mit 100 anderen Kindern stand ich dort in der Turnhalle und rief aus voller Kehle so etwas wie: „Lieber Tito, ich schwöre, dich mein Leben lang zu ehren ..." Da war ich ungefähr sieben.

Zur Schule ging ich gern. Meine Lehrerin war eine freundliche Dame, und Schule bedeutete vor allem, noch mehr Freunde zu haben. Ich spielte genauso gerne mit Jungen wie mit Mädchen. Die Jungensspiele kannte ich von meinen Brüdern. Oft war ich das einzige Mädchen in ihrer Gruppe. Aber es machte auch Spaß, mit Mädchen zu spielen. Ihre Spiele waren nicht so wild, mehr Verstecken und so etwas.

Schon immer war ich sehr neugierig und wollte alles wissen. Gleich bei uns um die Ecke gab es ein Nachbarsmädchen in meinem Alter, das bald meine Freundin wurde. Mutter mochte dieses Mädchen gar nicht und meinte: „Dieses Kind hat keine gute Familie. Die Eltern streiten viel, es sind keine verantwortungsbewußten Menschen!" Ich dachte jedoch bei mir: Aber das ist doch nicht die Schuld meiner Freundin! – und traf mich weiter mit ihr. Irgendwie war es sogar besonders aufregend, es gegen Mutters Willen zu tun.

Mit dieser Freundin begann ich auch, Doktor zu spielen. Durch meine Brüder wußte ich alles über einen nackten Jungenkörper. Wie aber sehen Mädchen aus? Wir fanden schließlich ein Versteck, wo wir uns ausziehen und jeden Teil unserer kleinen Körper genau anschauen konnten. Ich war sehr zufrieden mit dieser Untersuchung und vergaß es dann auch nach einer Weile. Es hatte keine besondere Bedeutung damals für mich. Es war nur ein weiteres Abenteuer unter vielen anderen in jener Phase meines Lebens.

Unsere Wohnung war ziemlich geräumig und luxuriös. Es gab vier große Zimmer und zwei Balkone, alles auf der dritten Etage. Ein Balkon besaß zusätzlich eine besondere Attraktion: Es war jener bei der Küche, von dem aus man abends zu einem gegenüberliegenden Freiluftkino spähen konnte. Seit das Kino dort geöffnet hatte, wurden das Filmeschauen auf der riesigen Leinwand und das Bemühen, den entfernten Ton zu verstehen, zu einer meiner liebsten Freizeitbeschäftigungen. Ich lachte und weinte dabei, wie etwa bei jenem spanischen Film über Lolita, ein armes Blumenmädchen, das später von einem reichen Mann geheiratet wurde.

Als ich zwölf war, bekam ich zum ersten Mal die Regel. Als ich das Blut bemerkte, hatte ich Angst, krank zu sein. Ich rannte zu Mutter, die mir in wenigen Worten erklärte: „Nein, Nada, das ist normal für eine Frau. Du bist jetzt kein Mädchen mehr. Es gibt einiges, das du jetzt nicht mehr tun solltest!" – „Was denn nicht?" – „Du solltest während dieser Tage nicht schwimmen, und du mußt vorsichtig mit Jungen sein, weil du ab jetzt schwanger werden kannst!"

Wie blöd, dachte ich bei mir. Ich mochte doch schwimmen und mit Jungen spielen so sehr. Irgendwie spürte ich, daß dies das Ende meiner wilden Kindheit bedeuten sollte – und das gefiel mir überhaupt nicht! Gleichzeitig war nicht zu übersehen, daß meine Brüste runder wurden und mein ganzer Körper sich zu verändern begann. Ich wurde eine Frau und konnte nichts dagegen unternehmen.

Im Alter von 14 Jahren wechselte ich auf das Gymnasium. Wieder hatte ich Glück mit meinen Lehrern. Es war eine moderne Schule mit gemeinsamem Unterricht für Jungen und Mädchen und jungen, interessierten Lehrerinnen und Lehrern. In Philosophie hatte ich eine junge Frau, die wunderbar über die Bedeutung des Lebens und verschiedener Visionen davon erzählen konnte. Ich wußte, daß sie selbst katholisch war und in stiller Opposition gegen den Kommunismus. Bis dahin hatte ich nicht viel über Religion gehört. Und auch jetzt war es nicht die Religion, die mich faszinierte, sondern die Möglichkeit, die Welt einfach ganz anders sehen zu können. Sie las Kierkegaard mit uns und Kant und Hegel und war in der Lage, uns die Gedanken dieser großen Philosophen verständlich zu machen.

Besonders mir widmete sie viel Aufmerksamkeit. Wann immer ich ein Problem hatte, half sie mir. Selbst nach der Schule durfte ich sie zu Hause besuchen, obwohl sie noch bei ihren Eltern und Geschwistern wohnte. Mutter gefiel es, wenn ich zu ihr ging. Ich konnte Stunden in ihrem kleinen Zimmerchen zubringen, während wir über Gott und die Welt redeten. Damals hätte ich es nicht sagen können, aber heute denke ich, daß ich verliebt in sie war – im romantischsten und unschuldigsten Sinn.

Als andere Mädchen begannen, über Jungen zu kichern, stellte ich mich zu ihnen, aber es sagte mir nicht viel. Ich fand Jungen nicht besonders attraktiv, aber ich kannte sie und war gern mit Jungen zusammen. Darum gab es auch anfangs keine Probleme für mich. Ich vermute, daß ich wegen meiner älteren Brüder mehr über Jungen wußte als die meisten Expertinnen in meinem Alter. Ich konnte noch nicht benennen, was Mädchen mir bedeuteten, aber ich hatte diese liebevolle Beziehung zu meiner Lehrerin. Und das genügte damals völlig, um mich glücklich zu machen.

Schließlich fing ich auch an, mich mit einem Jungen zu treffen – mit Toni. Er war sehr hübsch, schlank, mit dunklen Haaren und dunklen Augen. Zu Beginn trafen wir uns vor allem wegen unseres gemeinsamen Interesses an Avantgarde-Filmen und Literatur. Ohne Einzelheiten zu wissen, spürte ich, daß er wie ich intensiv nach etwas im Leben auf der Suche war. Einer unserer Kultfilme wurde *The Servant* (Der Diener) mit Dirk Bogarde – täglich lief der Film um vier, sechs und acht Uhr. Toni und ich besuchten alle Vorstellungen. Der Film erzählt die Geschichte eines jungen, reichen Mannes, der einen Diener hat, gespielt von Dirk Bogarde. Während des Films kehrt sich ihre Beziehung ins Gegenteil um, und der reiche Mann wird total abhängig von seinem Diener. Wieder und wieder sahen Toni und ich den Film. Er hatte eine besondere Bedeutung für uns. Die Regeln der Gesellschaft waren veränderbar, alles hing vom Willen der Menschen ab.

Als Toni ungefähr 17 war, sagte er zu mir: „Nada, ich bin in einen Jungen verliebt! Weißt du, der hübsche blonde Junge, der den Literaturpreis gewonnen hat!“ Ohne Zögern lächelte ich zurück: „Super, Glückwunsch, Toni! Weiß er schon von seinem Glück?“ – „Noch nicht!“ antwortete Toni. So machten wir uns gemeinsam auf den Weg, ihn zu treffen. Daß Toni schwul war, bedeutete nicht wirklich eine Überraschung für mich. In vieler Hinsicht unterschieden wir uns von anderen Gleichaltrigen. Vom Anfang unserer Freundschaft an waren wir auf der Suche gewesen. Er war nur etwas schneller gewesen.

Toni und Mario, der blonde Gewinner, verliebten sich Hals über Kopf. Meistens waren wir trotzdem zu dritt zusammen. Für mich war die Homosexualität der beiden absolut normal, aber wir wußten, daß dies sonst keineswegs der Fall im erzkonservativen Split war. Die offizielle Version wurde: Ich bin zusammen mit Toni – und Mario ist eben ein Freund von uns. Vater kümmerte sich sowieso nicht um uns, und Mutter war zu beschäftigt, um Näheres herauszufinden. Morgens fragte sie mich manchmal: „Was machst du heute, Nada?" – „Ich gehe mit Toni erst zur Schule und später an den Strand!" – „Habt einen schönen Tag!" meinte sie arglos, offensichtlich zufrieden mit mir. „Du auch!" entgegnete ich. Dann rannte ich die Treppen hinunter, um Toni und Mario zu treffen. Wir nahmen den Bus nach Dubrovnik, wo viele Künstler lebten, und verbrachten dort ganze Tage am Meer. Manchmal ging ich ein paar Stunden allein am Strand spazieren oder bummelte durch Dubrovnik, damit Toni und Mario auch mal allein sein konnten.

Glücklicherweise hatten Toni und ich trotzdem niemals Probleme in der Schule. Bei allen Prüfungen halfen wir einander. Eigentlich waren wir wirklich fast immer zusammen. Mario zeigte niemals Eifersucht. Immerhin schützte ich ihn auch gegen mögliche Verdächtigungen und Diskriminierungen. Einmal fragte mich Toni: „Aber was ist mit dir, Nada?" – „Wie meinst du?" – „Bist du nicht in jemanden verliebt?" Toni vertraute ich am meisten von allen Menschen auf der Welt. Ich hätte keine Angst gehabt, ihm alles zu sagen. Aber ich war mir einfach selbst noch nicht richtig im klaren: „Ich weiß nicht, Toni. Ich fühle mich von Mädchen angezogen, und ich bin gern mit Jungen zusammen. Ich weiß es noch nicht ..."

Nachdem Toni und ich das Abitur geschafft hatten, traf ich eine andere wichtige Entscheidung. „Ich verlasse Split, Toni!" erklärte ich eines Tages. „Ich fühle mich einfach nicht frei hier. Alles ist so konservativ. Ich will Literatur studieren in Zagreb!"

In Zagreb, der Hauptstadt Kroatiens, gibt es eine bekannte Universität – und man hatte mir erzählt, daß es dort besonders viele Künstler, vor allem Maler und Schriftsteller, geben würde. Ich hoffte darauf, daß Toni mitkäme, aber er hatte verschiedene Gründe, um zunächst in Split zu bleiben. Nach einer schwierigen Zeit hatten Mario und Toni sich getrennt, und Toni war gerade frisch verliebt in einen anderen Jungen aus Split. So beschloß er, eine Ausbildung zum Zahnarzt in Split zu beginnen. Als der Tag der Trennung kam, waren wir zwar traurig, aber irgendwie fühlten wir auch, daß es nicht für immer sein würde. Mutter unterstützte meine Studienpläne, da sie zutiefst überzeugt war, daß Lernen das Wichtigste im Leben ist.

In Zagreb angekommen, öffnete sich eine neue Welt für mich. Tatsächlich gab es viel weniger soziale Kontrolle hier als in Split. Ich fühlte mich unabhängig und frei und wurde aktiv in Kreisen von Schriftstellern und anderen Künstlern. Wenig später wurden meine ersten eigenen Gedichte in einer Studentenzeitung veröffentlicht. Keine Liebesgedichte, sondern sehr philosophisch, über die Bedeutung des Lebens, über Existentialismus und die Frage, wofür wir leben sollten.

Zwei Jahre nach mir kam auch Toni nach Zagreb. Er wollte nicht mehr Zahnarzt werden, und seine letzte Liebe war ohne ihn nach New York ausgewandert. Er hatte wieder etwas mit Mario begonnen. Ein paar Tage nach seiner Ankunft erzählte er mir alles, er war so traurig und enttäuscht. Den ganzen Nachmittag redeten wir und tranken Slibowitz. Es war einfach gut, in so einer Situation nicht allein zu sein. Ich berichtete ihm, daß ich inzwischen schon dachte, lesbisch zu sein, aber mich noch nicht verliebt hatte. Am Ende des Abends waren wir beide sternhagelvoll. Am nächsten Morgen hatten wir schreckliche Kopfschmerzen. Ich entschied, nie mehr Slibowitz zu trinken – und habe es auch nie mehr getan.

Im gleichen Jahr – ich war noch immer 20 – traf ich Ljerka. Ljerka war zu der Zeit schon 24 und einigermaßen berühmt in Zagreb. Sie hatte bereits mehrere Artikel veröffentlicht und gehörte zum Herausgeberkreis der bekannten Intellektuellenzeitschrift *encyclopedia moderna*. Bis dahin hatte ich sie noch nicht persönlich getroffen, aber ich war sehr neugierig darauf. Über einen älteren schwulen Freund, der als Kritiker arbeitete, wurde ich einmal eingeladen, um zu einem Treffen der Herausgeber zu kommen.

Von dem Augenblick an, als ich den Raum betrat, war ich fasziniert von einer wunderschönen jungen Frau, die gerade zu den anderen sprach – sie war offensichtlich die jüngste, aber ihre Stimme war ruhig und überzeugend. Und ihr Gesicht, mein Gott, so hübsch: prächtiges dichtes Haar, dunkelblaue Augen und volle rote Lippen. Ich starrte sie nur an – Ljerka!

Als das Treffen vorbei war, verließ jeder das Zimmer. Ich war wie gelähmt. Ich fühlte klar: Sie ist diejenige, auf die ich die ganze Zeit gewartet hatte! Unbedingt wollte ich in ihrer Nähe sein!

Mein älterer Freund half erneut. Er schlug ein Abendessen bei sich zu Hause vor, allein für sie, mich und ihn, wobei er sich nach der Mahlzeit aus dem Staub machen wollte. Ljerka nahm die Einladung an. Die Nacht vor dem Wiedersehen konnte ich kaum schlafen. Schließlich saßen wir aber doch zu dritt am Tisch. Ich betrachtete sie eingehend, während wir über dies und das redeten – und mit wachsender Hoffnung bemerkte ich, wie sie mir öfter zulächelte. Als unser Freund gegangen war, konnte ich erneut kein Wort über die Lippen bringen. Ich hatte Angst, etwas zu zerstören mit einem falschen Wort. So tat ich etwas, was ich mich bis dahin noch nie in meinem Leben getraut hatte.

Ich stand von meinem Stuhl auf und ging ganz dicht zu ihr. Dann beugte ich mein Gesicht zu dem ihren – und begann, sie zu küssen! Sie erwiderte meine Küsse, und wir küßten und küßten uns ohne Pause. Am Ende dieses Abends war ich der glücklichste Mensch der Welt. Ich war zum ersten Mal verliebt. Verliebt in Ljerka, die berühmte Dichterin, die hübsche junge Frau, mein Mädchen ...

Sie wohnte noch bei ihren Eltern und weiteren Familienmitgliedern. Ich hatte gerade ein eigenes Studentenzimmerchen finden können. So trafen wir uns meistens auf meiner Bude, die durch ihre Anwesenheit zu einem Palast wurde. Da sie so selbstbewußt lesbisch war, gab es auch für mich von Anfang an keine Probleme, es zu akzeptieren. Alles war einfach herrlich mit ihr, sie war so selbstsicher, daß ich immer wieder nur dachte, wie schön es ist, endlich befreit zu sein. Wir betrachteten es mehr als lästige praktische Notwendigkeit, uns gegen blöde Bemerkungen anderer dadurch zu schützen, daß wir uns in der Öffentlichkeit zurückhaltend benahmen.

Kurz darauf konnten wir zusammen in eine Wohnung ziehen, die ihren Eltern gehörte. Dort gab es drei Zimmer: Eines war vermietet an eine alte Frau, ein anderes gehörte Ljerka, und im kleinsten wohnte ich. Nachts schliefen wir immer in Ljerkas Bett. Aber weil wir vor der alten

Frau Angst hatten, stand ich jeden Morgen früh auf und huschte heimlich zurück in mein Zimmer.

Wenn wir uns dann alle zum Frühstück in der Küche trafen, erschien ich jeweils mit einem demonstrativen „Guten Morgen!" aus meinem Zimmer. Ich hatte keine Vorstellung, wie ich es hätte Kollegen oder gar meiner Familie erzählen sollen. Kein Risiko wollte ich gegenüber unserer wunderschönen Liebe eingehen. Ljerka sah es auch so.

Eines Morgens erhielt ich einen angsteinjagenden Anruf von Toni: „Bitte, komm schnell! Ich brauche deine Hilfe, Nada!" Ich raste durch die Stadt zu ihm. Als er die Tür öffnete, zuckte ich vor Schreck zusammen – sein Gesicht war völlig zerschlagen, blaue Flecken und dunkles, rotes Blut überall. „Was ist passiert, Toni?" schrie ich. Er nahm mich am Arm und zog mich in sein Zimmer.

„Letzte Nacht war ich mit Mario in dem Park, weißt du, wo wir manchmal andere Schwule treffen. Plötzlich tauchte Polizei von allen Seiten auf, und jeder versuchte zu flüchten. Ich lief einem genau in die Arme, wurde gepackt, vier oder fünf Polizisten schlugen mich mit ihren Knüppeln und traten noch mit Stiefeln nach mir, als ich schon auf dem Boden lag. Als ich ergriffen wurde, war Mario noch ganz in der Nähe, und ich schrie: ‚Mario, hilf mir!' Aber er hatte nur Angst und lief mit den anderen davon ..."

Toni mußte tief Luft holen. Ich sah Tränen in seinen geschwollenen Augen, die ich so strahlend und schön kannte. „Weißt du, Nada", fügte er mit leiser Stimme hinzu, „noch mehr weh hat getan, daß mich Mario im Stich gelassen hat ..." Kurz darauf trennte sich Toni endgültig von Mario. Ihre Beziehung war für immer vorbei.

Niemals vergesse ich dieses traurige Ereignis, weil ich weiß, daß sich auch heute nach all den Jahren die Situation in Kroatien nicht geändert hat. Toni ist noch immer einer meiner besten Freunde. Während des jüngsten Krieges in Ex-Jugoslawien, als ohnehin schon soviel Gewalt zwischen den verschiedenen ethnischen Gruppen an der Tagesordnung war, erzählte mir Toni am Telefon: „Es scheint niemals aufzuhören, Nada! Letzte Woche verhaftete die Polizei einen jungen Freund von mir und vergewaltigte ihn. Er konnte nichts dagegen machen. Er hat nicht einmal eine Chance, den Vorfall anzuzeigen ..."

Mit Ljerka verbrachte ich zwei schöne Jahre. Nach unserem ersten Jahr fuhren wir den Sommer über nach München in Deutschland. Wir fanden beide Jobs dort und blieben beinahe drei Monate. Nach zwei Jahren verliebte sich Ljerka in eine andere Frau. Für mich war das ein furchtbarer Schock, und wir trennten uns sofort. Ich wußte nicht, wie ich weiterleben sollte. So fuhr ich wieder nach München, dieses Mal allein, und blieb dort ein halbes Jahr, tief verletzt und traurig.

Nachdem ich nach Zagreb zurückgekehrt war, traf ich mich zwar auch mit neuen Mädchen und Frauen. Aber ich konnte Ljerka niemals vergessen. Einmal hatte ich mich gerade mit einem neuen Mädchen verabredet, als es klingelte. Ich hörte jemanden die Treppen hinauflaufen bis in den fünften Stock, wo ich wohnte. Es war Ljerka. Völlig außer Atem flüsterte sie: „Bitte verzeih mir, Nada, ich liebe dich!"

So begannen wir noch einmal. Mehr als 15 Jahre unterstützen wir uns gegenseitig, liebevoll und zärtlich.

Später, als wir beide schon wesentlich älter waren, änderte sich unser Leben noch einmal grundlegend ... Aber das ist eine andere Geschichte.

Heute lebe ich seit beinahe zehn Jahren in einem anderen Land, wo ich glücklich bin und mich frei fühle. Während des jüngsten Krieges in Kroatien und anderen Teilen Ex-Jugoslawiens schaltete ich jeden Morgen um sechs Uhr die Nachrichten an, um die letzten Neuigkeiten von dort zu erfahren. Lange Zeit fühlte ich mich schuldig, weil ich in einem sicheren Land weit entfernt wohnte, während sich einige meiner besten Freunde im Zentrum des Krieges befanden. Ich rief sie oft an und versuchte, ihnen auf verschiedene Weise zu helfen. Aber es bleibt doch so wenig, was man auf die Entfernung tun kann.

Toni lebt auch heute in Zagreb. Wir sind die besten Freunde wie immer. Er ist jetzt Dozent für Modedesign an der Universität. Mit der Emanzipation von Schwulen und Lesben ist es noch immer nicht weit her. Toni erzählte mir kürzlich von einem jungen Mann in Zagreb, der eine Aids-Information aufgebaut hat und andere junge Schwule berät. Sein Büro ist das häusliche Wohnzimmer, die meisten Ausgaben muß er selbst bestreiten. Seine einzige Sekretärin ist seine Mutter. In jüngster Zeit würden auch die ersten Lesben mitmachen.

Dieser junge Mann ist für mich ein Zeichen der Hoffnung. Bis heute habe ich nicht offen mit meiner Familie gesprochen. Vielleicht ist ein Menschenleben einfach zu kurz, um alles ändern zu können. Trotzdem bin ich froh, daß ich wirkliche Liebe von Anfang an erleben durfte, so wie auch heute mit meiner jetzigen Freundin. Ich bereue nichts ...

Cecil Bongane Nyathi

Ein anderer Präsident aus Südafrika

Cecil Bongane (15) in Soweto, Südafrika.

Cecil Bongane heute.

Als meine Eltern sich trennten, mußte ich mich entscheiden – ich entschied mich für meine Tante, meine Lieblingstante natürlich, eine Schwester meines Vaters, die niemals eigene Kinder gehabt hatte. Zu jener Zeit hatte sie bereits einen Cousin von mir adoptiert, Themba, der nur wenig jünger war als ich. Meine gesamte Familie lebte damals in Soweto, jener Stadt, die heute Gauteng in der Sprache der Sotho heißt.

Ich war gerade 14 Jahre alt und nannte sie „Mama", was ich auch wirklich fühlte. Daheim war ich der einzige Junge gewesen – zusammen mit drei Schwestern. Meine Tante unterstützte meine Entscheidung und meinte zu Mutter: „Sieh mal – er ist ein Junge, und Themba ist ein besserer Umgang für ihn als nur Mädchen. Und außerdem hast du so schon genug um die Ohren ..." Mutter war nicht glücklich darüber, daß ich wegging. Aber ich – ehrlich gesagt – war superglücklich mit meiner neuen Mutter.

Mit Themba unternahm ich viel von dem, was Jungen in dem Alter so machen. Wir redeten über alles, sahen unsere Männlichkeit wachsen, waren Bruder und Freund zugleich. Das einzige, worüber ich niemals mit ihm sprach, war meine erste Liebe. Vielleicht deshalb, weil sie für mich selbst eine Überraschung war.

In der Schule war ich gut und außerdem ein sozial engagierter Junge. Ich bewarb mich für alle möglichen freiwilligen Dienste, und besonders gern machte ich mit beim Sport. Mit 15 bekamen wir einen neuen Lehrer für Englisch und Mathematik: Sipho Khumalo. Er war höchstens 25, viel größer als ich, einfach ein freundlicher Mann, den ich gern respektierte. Einmal fragte er mich: „Darf ich deine Mutter besuchen, Cecil?" Ich fühlte mich sehr geehrt und entgegnete sofort: „Ja, Meneer, meine Mutter wird froh sein, Sie zu Gast zu haben!"

Und tatsächlich, er kam. Meine neue Mutter war sehr stolz auf mich, weil er lobend über meine Schulleistungen sprach und vorschlug, daß ich später eine Universität besuchen solle. Als er ging, begleitete ich ihn bis zum Gartentor. Hier sah er mich direkt an: „Cecil, hättest du Lust, mich das nächste Wochenende einmal zu besuchen?" Froh antwortete ich: „Selbstverständlich, Meneer!" Dann jedoch fügte er etwas hinzu, das mich in große Probleme stürzte. Bevor wir uns die Hände zum Abschied schüttelten, meinte er leise: „Cecil, ich möchte dir etwas ehrlich sagen – ich denke, daß du ein *stabane* bist!" Erschrocken zog ich meine Hand zurück und fragte genauso leise zurück: „Wie meinen Sie das, Meneer?" Aber er wiederholte nur das Wort: *„Stabane!"*, das in der Zulu-Sprache „Hermaphrodit" bedeutet, ein Mensch halb Mann, halb Frau. Ich wußte damals nicht, daß das Wort noch eine zweite Bedeutung hatte.

Abrupt drehte ich mich um und lief zurück ins Haus. Als Mutter mein erschrockenes Gesicht sah, fragte sie: „Etwas nicht in Ordnung?" Aber ich schüttelte nur den Kopf und lief in mein Zimmer. Ich zog meine Hose herunter und betrachtete gewissenhaft meinen Schwanz und meine Eier. Ich benutzte sogar einen Spiegel, jedoch alles schien komplett. Warum hatte er mich auf diese Art verletzt?

Mehr als drei Monate vermied ich es, seinen Unterricht zu besuchen. Ich schlief schlecht und sprach kaum mit jemandem. Eines Tages nach der Schule fing er mich jedoch vor unserem Klassenzimmer ab und fragte: „Kann ich mit dir sprechen, Cecil?" Ich schaute ihn kalt an und meinte: „Das hängt davon ab." Dann zog er mich in eine Ecke, wo uns niemand stören konnte, und sprach auf mich ein: „Bitte, vergib mir – ich wollte dich keineswegs verletzen. Ich dachte, du würdest verstehen ..." Wütend schrie ich ihn an: „Wie kann ich eine solche Beleidigung verstehen? Ich bin keine halbe Frau, ich bin hundert Prozent ein Mann!"

„Worüber sprichst du in Gottes Namen?“ Er schien wirklich verwirrt. „Weißt du nicht, daß *stabane* ‚Homosexueller‘ bedeutet?“ Jetzt war es an mir, erstaunt zu gucken. Noch niemals hatte ich das Wort „homosexuell“ gehört. Einen Moment später fuhr er fort: „Weißt du, das ist, wenn eine Frau eine Frau liebt und ein Mann einen Mann ...“

„Oh!“ stotterte ich unsicher, „Sie meinen ...“ Noch immer war ich durcheinander, aber dieses Wort und Meneer Khumalos Erklärung hatten in mir etwas berührt. Er schaute mich jetzt wieder so freundlich an, wie ich es von ihm kannte, nein, mehr noch, sein Blick hatte etwas geradezu Zärtliches. Er berührte sanft meinen Arm und gab mir einen Kuß auf den Mund. Nun begann ich, wirklich zu verstehen, denn ich mochte es sehr gern. Ich machte einen Schritt auf ihn zu und umarmte ihn. Alle meine Probleme küßte er einfach weg. Mein Zulu-Name Bongane bedeutet „dankbar“. Dies war mein erstes klares Gefühl nach all der Zeit der Verwirrung ihm gegenüber. Nur wenig später verliebte ich mich in Sipho Khumalo, meinen Lehrer.

Ich besuchte ihn zu Hause, und gemeinsam gingen wir ins Kino, öfter sogar zu Filmen, die eigentlich nur für Erwachsene zugelassen waren. Mutter war zufrieden, wenn ich mit ihm zusammen war. Sie stimmte auch zu, als ich bei ihm übernachten wollte. Es wurde die romantischste Liebe, die ich bisher erleben durfte in meinem Leben. Wir umarmten und küßten uns, wir schliefen im gleichen Bett zusammen – aber niemals teilten wir das Letzte miteinander. Ich hätte es sicher getan. Aber er sagte zu mir: „Schau, Cecil, du bist einfach noch zu jung dafür. Ich kann dich begleiten während deiner ersten Schritte als junger Schwuler, aber später mußt du einfach deine eigenen Erfahrungen sammeln mit Leuten deines Alters ...“ Damals verstand ich es nicht. Heute bewundere und liebe ich ihn dafür um so mehr.

Mit 17 Jahren mußte ich auf ein Internat, um mein Abitur zu bekommen. Das Verhältnis mit Sipho, meinem Lehrer, Vater und Liebhaber, ging weiter, aber wir sahen einander viel weniger. Ich war nun plötzlich nur noch umgeben von Jungen, die immerzu von Mädchen und Sex redeten. Da ich nach wie vor ziemlich engagiert und sportlich war, akzeptierten mich die meisten. Trotzdem fühlte ich mich schrecklich einsam. Nirgendwo war jemand wie ich, und Sipho war weit weg.

Zum ersten Mal begann ich jetzt, mich mit Mädchen zu treffen. Es war eine schwierige und frustrierende Zeit. Ich fühlte mich dumm und häßlich, was zum Teil wirklich stimmte, weil ich, wie viele Jugendliche in dem Alter, lauter Pickel im Gesicht bekam, wodurch alles noch schlimmer wurde. Einige der anderen Jungen begannen, mich aufzuziehen: „He, Bongane", riefen sie, „weißt du, warum du Pickel im Gesicht hast?" Natürlich gab ich keine Antwort. *„Aawunyobi amantombazana* ... weil du kein Mädchen fickst!" Ein brüllendes Gelächter brach los.

O Gott! Verzweifelt betete ich in der Kirche um Hilfe, obwohl ich nicht genau wußte, welche Hilfe ich suchte. Ich konnte die sogenannten „Scherze" der anderen einfach nicht mehr ertragen. Kurz darauf verabredete ich mich mit einem Mädchen, das Sibongile hieß. Sie war so alt wie ich und eines der hübschesten Mädchen in der ganzen Nachbarschaft. Sie hatte einen perfekten Körper, und mir war klar, daß ich nicht der erste war, der versuchte, etwas mit ihr anzufangen.

Zu meiner Überraschung akzeptierte sie meine erste Einladung. Wir gingen zusammen aus, hielten Händchen und umarmten uns im Dunkeln und in der Öffentlichkeit. Sofort hörten die Witze der anderen Jungen auf. „Wouh, Bongane!" meinten einige anerkennend. „Was für ein Mädchen! Muß irre sein, mit der Sex zu haben, was?" Ich nickte und grinste nur. Wohlwissend, daß wir noch nicht ein einziges Mal Sex gehabt hatten.

Als Sibongile und ich einen Punkt erreicht hatten, an dem Küssen und Umarmen irgendwie nicht mehr ausreichten, erklärte ich ihr, daß meine Mutter mich davor gewarnt hatte, ein Mädchen schwanger zu machen. Wenn es doch vorkäme, müßte ich sofort die Schule verlassen und arbeiten gehen, um als Vater für die Mutter und das Kind zu sorgen. Sibongile hörte meinen umfangreichen Erläuterungen mit großer Geduld zu – und stimmte allem zu, vielleicht sogar selbst erleichtert. Trotz alledem wurden wir echte Profis darin, dem Rest der Welt – außer meiner Mutter – weiszumachen, daß wir nahezu ununterbrochen den schärfsten Sex aller Zeiten hätten. Wir bevorzugten dabei an frühen Abenden einen Platz hinter dichten Büschen, wobei wir die ekstatischsten Geräusche von uns gaben. Später am Abend grinsten mir manche Nachbarsjungen wissend zu. Ich grinste wissend zurück.

Nun gab es keinen Zweifel mehr, daß ich, Cecil Bongane, ein junger schwarzer Zulu aus Südafrika, schwul war. Jetzt mußte es vor allem darum gehen, einen Weg zu finden, es meiner Umwelt klar zu machen. Ich las einige Bücher zum Thema, aber das half nicht viel. Der Theorie, die ich dort unter anderem fand, daß Homosexualität nur eine vorübergehende Phase im Leben eines Jungen sei, mißtraute ich von Anfang an. Daß Homosexualität der afrikanischen Kultur fremd und nur durch den weißen Mann ins Land gebracht worden sei, verletzte mich tief, denn ich fühle mich als Afrikaner und Teil der afrikanischen Kultur. Ich brauchte offensichtlich noch mehr Zeit ...

Als nächstes traf ich Sibusiso auf dem Sportplatz unserer Schule. Er war ein Jahr jünger als ich und hatte mich schon eine Weile beim Laufen beobachtet. Ich dachte keinen Moment daran, auf ihn zuzugehen. Etwas später näherte er sich und fragte: „Stört es dich, wenn ich dir beim Training zuschaue?" Ich nickte ihm freundlich zu, und er blieb die ganze Zeit bis zum Ende meiner Übungen. Dann gingen wir beide zum Duschen. „Ich mag es, dir zuzuschauen. Du hast einen phantastischen Körper!" meinte er. Ab diesem Tag wurden wir Geliebte. Alles geschah ganz einfach, sehr zärtlich und vertrauensvoll. Beide sprachen wir mit niemandem darüber, aber genossen jeden Moment zusammen. Zum ersten Mal hatte ich Sex mit einem Jungen in meinem Alter, und es war großartig. Nun begriff ich, was Sipho mehr als zwei Jahre zuvor gemeint hatte.

Der Tag kam, an dem ich ehrlich mit Sibongile über alles reden wollte, meiner wunderschönen Freundin. Bevor ich mich mit ihr verabreden konnte, tauchte sie plötzlich auf und begann, aufgeregt zu berichten: „Kannst du dir das vorstellen, Bongane? Brenda Fassi hat mich gefragt, ob ich eine ihrer Background-Sängerinnen bei ihrem nächsten Konzert werden will!" Wouh – Brenda Fassi, die schwarze Madonna von Südafrika, einer der echten schwarzen Stars im Showgeschäft! Ich schaute mit Bewunderung auf Sibongile: „Super! Wie hast du den Job bekommen?" Sie ergriff meinen Arm, und ihr Lächeln war wie ein Sonnenaufgang: „Also wirklich, Bongane, weißt du nicht, daß Brenda Fassi lesbisch ist?" Okay, ich hatte Gerüchte vernommen, daß sie bisexuell sein solle. Aber was hatte das mit Sibongile zu tun? Wieder lächelte sie: „Ich bin schließlich auch lesbisch – und du?" Eine Sekunde schauten wir ernst – dann brüllten wir beide los vor Lachen. „Ich bin nicht echt lesbisch“, schrie ich, „aber so etwas Ähnliches ...“ Sibongile verließ die Schule vorzeitig und ging tatsächlich mit Brenda Fassi auf Tournee. Nicht viel später wurde sie zur Miß Soweto gewählt. Meine erste und einzige Geliebte.

Als meine Schulzeit endete, trennten auch Sibusiso und ich uns. Eines Tages sagte er zu mir: „Die Zeit mit dir, Bongane, war so wichtig für mich. Aber ich spüre, daß ich nicht wirklich schwul bin. Ich liebe dich, aber ich beginne, mehr und mehr von Mädchen zu träumen – und ich denke, ich sollte damit etwas machen.“ Ich war dankbar für seine Ehrlichkeit. Er war das einzige Beispiel in meinem Leben, daß die Theorie von der vorübergehenden Phase der Homosexualität im Leben eines Jungen doch nicht völliger Blödsinn zu sein scheint, obwohl es absoluter Unsinn für mich selbst blieb.

Nachdem ich das Abitur bestanden hatte, wollte Mutter, daß ich Krankenpfleger lernen sollte, denn sie selbst hatte als Krankenschwester gute Erfahrungen gemacht. Ich war jetzt 21 und fühlte demgegenüber, daß ich all meine Fähigkeiten dafür einsetzen wollte, die Situation in Südafrika zum Besseren zu verändern. Wie das größte Vorbild meines Lebens – Nelson Mandela – wollte ich Jura studieren. Tatsächlich erhielt ich eine Zulassung zu der zu jener Zeit als weiß und rassistisch bekannten *Witwatersrand*-Universität. Unabhängig davon ermutigte mich die neue Umgebung, als offen schwuler Mann aufzutreten. Mit einigen anderen Studenten gründete ich die SHOC!-Gruppe: *Society of Homosexuals on the Campus!* Hier machte ich meine ersten Schritte als junger schwuler Schwarzer in der Öffentlichkeit, lange bevor ich darüber mit meiner Mutter, mit Themba und dem Rest meiner Familie und meiner Kirchengemeinde zu sprechen wagte.

Mehr und mehr engagierte ich mich bei politischen Aktionen rund um Menschenrechte für Schwule und Lesben. Ich beschloß, mein Jurastudium zu unterbrechen, nachdem ich eine mehr als unangenehme Diskussion mit einer weißen Professorin gehabt hatte, die behauptete, daß ein Sklave immer seinem Herrn zu gehorchen habe, weil so nun einmal die Gesetze seien. Ich entgegnete, daß dies undemokratisch und ungerecht sei und daß jeder für seine Würde und die Würde aller Menschen kämpfen müsse. Sie schaute mich verärgert an und beendete die Auseinandersetzung einfach, indem sie kalt meinte: „Sie sind im Unrecht, junger Mann!“

Kurz darauf begann ich, jeden Tag im *Township Aids Project* zu arbeiten, das in einem Gemeindezentrum untergebracht war. Auch hier hörten wir regelmäßig die dumme Ideologie von den schwarzen Schwulen, die nur von weißen Männern verführt worden seien. Ich war sehr aufgeregt, als Nelson Mandela in einer seiner ersten Reden über Menschenrechte sagte, daß Schwule und Lesben die gleichen Rechte wie alle haben müßten. Wörtlich sagte er: „Wir, das schwarze Volk von Südafrika, wissen, was Unterdrückung und Diskriminierung bedeuten. Und wir möchten nicht, daß jemals wieder einer von uns etwas Derartiges erleiden muß!“ Einige Monate später besuchte er unser Gemeindezentrum während eines Treffens des *African National Congress*. Als einer der schwulen Repräsentanten des *Township Aids Project* wurde ich ihm sogar persönlich vorgestellt. Meine Finger zitterten und waren schweißnaß, als ich seine Hand schütteln durfte.

Anfang 1992 wurde ich gefragt, ob ich für die Wahlen zum Präsidenten von GLOW kandidieren wolle – der *Gay and Lesbian Organisation of the Witwatersrand*. Diese Organisation war 1990 von Simon Nkoli und seinen Freunden gegründet worden und bestand anfangs überwiegend aus schwarzen Schwulen. Simon Nkoli war und ist für viele von uns vergleichbar mit dem bekannten Freiheitskämpfer Steven Biko: Simon war der erste schwarze Schwule, der zu Zeiten der Apartheid weiße schwule Bars in Johannesburg besuchte. Als er dann eines Tages von der Polizei verhaftet wurde, weil er sich im Gebiet für Weiße aufhielt, rief er die weißen Schwulen zur Solidarität auf. Doch in jenen Tagen antworteten Repräsentanten der weißen Schwulenorganisationen allein: Nein, es tut uns leid, wir können dir nicht helfen, weil du ja nicht verhaftet wurdest wegen deiner Homosexualität, sondern weil du schwarz bist! Daraufhin wurde GLOW gegründet.

Als ich dann tatsächlich im April 1992 zum Präsidenten von GLOW gewählt wurde, war das sofort ein Thema in den Medien: ein Student der überwiegend weißen *Witwatersrand*-Universität als Präsident der nationalen Organisation von überwiegend schwarzen Schwulen und Lesben! So kam es, daß ich mein Coming-out nicht am Abendbrottisch daheim oder in einem Gespräch mit meinem Pfarrer hatte, sondern im nationalen Fernsehen. Nach dem ersten Fernsehinterview grüßten mich öfter Leute auf der Straße und bekundeten ihre Anerkennung, einige sogar ausgesprochene Dankbarkeit für das, was ich dort gesagt hatte.

Meine Mutter, mein Bruder Themba, meine Eltern und andere Familienmitglieder waren weniger begeistert. „Warum hast du nicht erst mit uns darüber sprechen können?" fragten sie. „Das war doch wirklich ein unnötiger Schock, es war einfach unfair von dir!" Ich verteidigte mich, indem ich antwortete: „Hör mal, Mama, niemand in unserer Familie hat sich jemals während des Abendessens erhoben und gesagt: ‚Also, Leute, ich muß euch sagen, daß ich heterosexuell bin!' Warum verlangt ihr so etwas in bezug auf meine Sexualität?" Meine Mutter und mein Bruder verstanden mich – und sie unterstützen mich seitdem so, wie sie es immer taten.

In der Nationalen Baptisten Kirche, in meiner Kirche, die mir sehr viel bedeutet, protestierte eine ältere Dame gegen mein Verhalten: „Es ist wirklich widerlich, was er tat. Ich schlage vor, daß er nicht länger in unserer Kirche akzeptiert wird." Dabei ist wichtig zu wissen, daß die Nationale Baptisten Kirche bekannt ist für ihre ansonsten progressiven Stellungnahmen und ihr Engagement für Menschenrechte – auch schon zu Zeiten der Apartheid. Unsere Kirche war unter den ersten in Südafrika, die den Mund aufmachten für eine Freilassung von Nelson Mandela. So hatte ich nicht wirklich Angst, als ich vor meine Gemeinde treten mußte, um mein Verhalten zu erklären. Der Gottesdienst wurde eröffnet von einem sehr angesehenen Priester, der sagte: „Heute werde ich gegen Vorurteile predigen, die schon soviel Elend über Menschen brachten. Cecil hat uns deutlich gemacht, wie wenig wir wissen über Homosexualität, und ich bin stolz und dankbar, daß er einer von uns ist. Ich schlage vor, daß wir Cecil Raum geben sollten, um zu uns zu sprechen über Schwule und Lesben in unserem Land."

Er erhielt starken Applaus für seine Worte. Dann war ich dran. Ich erhob mich und sagte: „Ich entschuldige mich, wenn ich die Gefühle des einen oder anderen von euch verletzt haben sollte. Ich respektiere jeden von euch. Ich weiß, daß einige von euch mich als möglichen Schwiegersohn gesehen haben. Es tut mir leid für euch, daß ich kein Schwiegersohn sein kann und daß ich keine eurer Töchter heiraten werde. Aber es tut mir nicht leid um mich. Ich bin froh, schwul zu sein. Ich bin froh, daß ich das Geschenk der Liebe und Sexualität von unserem Gott bekommen habe ..."

Die Atmosphäre war unglaublich. Viele Mitglieder unserer Kirche gratulierten mir und wünschten mir alles Gute für meinen Kampf. Die Kirche war immer ein Halt in meinem Leben, und ich bin überglücklich, sagen zu können, daß dies nach meinem Coming-out eher noch gewachsen ist. „Sei zu anderen Menschen so, wie du willst, daß man zu dir ist!" und „Vergib anderen zuerst, dann wird auch dir vergeben werden!" sind Bestandteile unseres Glaubens, die mir Orientierung selbst in den schwierigsten Augenblicken gaben. 1993 wurde ich erneut zum Präsidenten von GLOW gewählt.

Während einer Tour mit anderen lesbischen und schwulen Aktivisten durch Europa besuchte ich auch Amsterdam. Wir hatten ein Treffen mit dem niederländischen *Anti-Apartheid-Komitee*, wo man mich fragte, welche Unterstützung die schwarze Lesben- und Schwulenbewegung im südlichen Afrika gegenwärtig am dringendsten benötigte. Ich antwortete, daß wir am meisten selbstbestimmte Möglichkeiten brauchten, um demokratische Leitungsstile lernen und studieren zu können. Einige Monate später bot dieses Komitee mir ein zweijähriges Stipendium an der Freien Universität von Amsterdam an – an der Fakultät für Homo-Studien. Freudig nahm ich dieses Angebot an.

Im Sommer 1995 behauptete Robert Mugabe, der Präsident von Simbabwe, während der Eröffnung einer internationalen Buchmesse in Harare: „Wir denken nicht, daß Schwule und Lesben überhaupt irgendwelche Rechte haben!" Einer Buchhandlung, die auch Bücher mit homosexuellen Themen ausgestellt hatte, wurde die weitere Teilnahme an der Messe untersagt. Zu Anfang des gleichen Jahres hatte er bereits angekündigt: „Homosexualität ist nur für Weiße und ein Widerspruch zur afrikanischen Kultur!" – begleitet von Aussagen des Innenministers, der gerufen hatte: „Wir werden sie alle verhaften. Das ist einfach illegal in diesem Land!"

Viel Arbeit liegt noch vor uns. Trotzdem ist Robert Mugabe nur ein Präsident eines afrikanischen Landes. Wir kennen viele andere. Als Thabo Mbeki, der Vizepräsident von Südafrika, im gleichen Jahr die

Niederlande besuchte, wurde auch ich eingeladen zu einem Treffen mit ihm in Den Haag. Als er mich sah, fragte er direkt: „Was machst du hier?“ Ich erzählte ihm von meinem Stipendium und den Homo-Studien und daß meine Hoffnung sei, später schwule und lesbische Kultur in unserem Land bekannter zu machen. Er schüttelte meine Hand, lächelte und meinte: „Komm bald zurück, Freund! Wir brauchen Leute wie dich in Südafrika!“

Nezha Arsim

Meine eigene Unabhängigkeit in Marokko

Nezha (22) als Mitglied der Frauen-Fußballnationalelf von Marokko (hintere Reihe, 4. von rechts).

Nezha heute.

1956 wurde das nordafrikanische Land Marokko ein unabhängiger Staat – unabhängig von französischer, früher auch spanischer und deutscher Kolonisation. Ich selbst wurde erst sieben Jahre später in der – vor allem durch den amerikanischen Film mit Ingrid Bergman und Humphrey Bogart – berühmten Stadt an der Küste, Casablanca, geboren. Der Kampf für meine eigene Unabhängigkeit mußte erst noch beginnen.

Das Viertel Maarif in Casablanca, in dem ich geboren wurde, ist auch heute noch bekannt als eine reiche Gegend mit prächtigen Villen und Gärten. Meine Eltern kommen beide aus derselben großen Familie und mußten heiraten, als Mutter 14 und Vater 16 war. Sie bekamen fünfzehn Kinder, von denen die ersten sieben alle an Röteln starben. Von den dann folgenden acht Kindern war ich die Nummer sechs, zwischen vier Schwestern und drei Brüdern.

Meine Eltern sind Eigentümer einer großen Landwirtschaft mit in erster Linie Kühen und Olivenbäumen. Auch wir wohnten in einem schönen Haus und kannten als Kinder niemals Geldsorgen. Unsere Erziehung gestaltete sich gemäß dem Islam mit viel Liebe und gegenseitiger Achtung. Meine Mutter trägt immer ein Kopftuch, aber ermutigte alle ihre Kinder zu Selbständigkeit. Auch mein Vater ist ein freundlicher und liberaler Mann. Niemals hat er mich geschlagen.

Nur mein Bruder Azdin, der rund zehn Jahre älter ist als ich, war manchmal streng zu mir und hat mir auch ab und zu einen Schlag verpaßt. Jedoch eigentlich nur, weil er fand, daß ich nicht ordentlich genug meine Schulaufgaben machte. Und da hatte er ein wenig recht. Ich bekam wohl durchschnittlich gute Zensuren in der Schule, aber tat nie viel dafür.

Solange ich mich erinnern kann, spielte ich nur mit anderen Jungen. Auch darüber wurde Azdin manchmal böse und rief: „Nezha, warum spielst du nicht mit Mädchen?" Aber meine Mutter nahm mich in Schutz und antwortete: „Laß Nezha in Ruhe!" Mir zugewandt, lachte sie: „Hör mal wirklich lieber auf damit – sonst heiratest du später noch ein Mädchen wie die anderen Jungen!" Ich lachte auch und dachte mir weiter nichts.

Dieser Familie verdanke ich, daß ich ein starker Mensch geworden bin und auch außerhalb für mich einzustehen lernte. Wenn ich europäischen Menschen über mein Leben in Marokko berichte, dann denken sie meistens an fundamentalistische Moslems. Dann ist es mir besonders wichtig zu sagen: Schau mal, ich komme auch aus einer moslemischen Familie!

Ich weiß, daß zum Beispiel Homosexualität offiziell in Marokko illegal ist und nach dem Gesetz 489 selbst mit Gefängnis zwischen sechs Monaten und drei Jahren bestraft werden kann. Um so mehr hoffe ich, daß gerade meine Geschichte als Ermutigung verstanden wird, was selbst unter solchen Bedingungen möglich sein kann – auch in einem arabischen Land, auch im Islam, jedoch vor allem unter konkreten Menschen mit Liebe und Verständnis.

Ich mochte alle Spiele der Jungen auf der Straße, vor allem Fußball, aber auch Kickboxen. Und ich war ziemlich gut darin. Alle Jungen respektierten mich und wollten meine Freunde sein. Allmählich begann auch mein ältester Bruder, Anerkennung zu zeigen. So hatte ich eine recht glückliche Kindheit, auch wenn ich anders war als meine Schwestern und die meisten anderen Mädchen in meinem Viertel oder in der Schule.

Das erste Mädchen, das ich auf eine bis dahin unbekannte Art anziehend fand, war Mayada – aus einer syrischen Familie, die bei uns im Viertel wohnte und eines Tages in meiner Schule auftauchte. Auch sie war völlig anders als ich – so ruhig, so lieb und schön. Doch fühlte ich, daß ich allein mit ihr noch glücklich sein konnte. Da waren wir beide höchstens 13. Als ich sie ansprach, klopfte mein Herz. Sie schaute freundlich zurück – und meine erste Liebe begann. Sie hielt beinahe fünf Jahre.

Ich wußte vom ersten Moment an, daß es Liebe war. Aber ich sprach niemals zu ihr davon. Es war so schon schwierig genug. Als ihre Eltern dahinterkamen, daß wir befreundet waren, durften wir uns offiziell nicht mehr treffen. Auch durfte sie mich nicht daheim besuchen, und ich sie in ihrem Zuhause schon gar nicht. Trotzdem haben wir uns viel und intensiv gesehen. Ich ging ab jetzt nur noch in die Schule, weil ich wußte, daß sie dort war, und wurde beinahe krank während der langen Ferien, weil ich sie so vermißte.

Im Laufe der Zeit kamen wir auf alle möglichen Tricks, um uns doch treffen zu können. Ich wartete zum Beispiel heimlich auf sie, wenn sie allein zum Einkaufen gehen mußte, und begleitete sie dann zum Laden und zurück. Alle Jungen in unserem Viertel wußten, daß ich Mayada liebte, und respektierten das. Niemand versuchte, mit ihr zu flirten. Mehr noch – falls sie Mayada irgendwo allein trafen, informierten sie mich sogleich, so daß ich zu ihr laufen konnte.

Mit ihr konnte ich so herrlich über alles reden. Da wir nirgendwo ein Zuhause hatten, liefen wir oft durch die Straßen eines anderen Viertels oder setzten uns heimlich in ein Café. Wir liebten beide Poesie und lasen einander viel vor. Auch schrieben wir einander viele Gedichte. Manchmal geschah es trotz aller Vorsicht, daß wir einem Mitglied ihrer Familie auf der Straße begegneten. Dann bekam sie immer fürchterlichen Ärger daheim. Niemals konnten wir uns körperlich lieben, und doch war sie meine erste wirkliche Liebe.

Als wir 17 waren, hat uns einmal ihr Schwager getroffen. Erneut gab es Streit und Schläge. Inzwischen war sie sehr zermürbt davon. So wie ich, denn ich wußte einfach nicht, wie ich ihr hätte helfen können. Kurz danach sagte Mayada eines Tages zu mir: „Nezha – ich kann nicht mehr. Ich will nicht andauernd Probleme mit meiner Familie haben. Es tut mir so leid, aber ich kann dich nicht mehr treffen ...“ Ich war völlig verzweifelt, weil ich fühlte, daß ich nichts gegen dieses Unrecht zu tun vermochte. Wir umarmten uns ein letztes Mal ...

Am folgenden Tag beschloß ich, nicht mehr zur Schule zu gehen. Es hätte mir zuviel Schmerzen bereitet, sie allein noch aus der Ferne anschauen zu können ...

Ich stürzte mich nun kopfüber in den Sport. Tagsüber arbeitete ich in einer Schuhmacherei. Abends und an den Wochenenden spielte ich Fußball. Eines Tages bekam ich die Idee, selbst eine Frauen-Fußballmannschaft in unserem Viertel Maarif zu gründen. Inzwischen hatte ich auch andere Frauen getroffen, die gern Fußball spielten, und so mußte ich eigentlich nur noch die Initiative ergreifen. In Maarif befindet sich das größte Fußballstadion, wo auch immer die marokkanische Fußballnationalmannschaft spielt. Anfang der achtziger Jahre war es Frauen noch nicht erlaubt, dort zu spielen.

Nachdem unser kleiner Club mit Frauen besser und besser geworden war, wurde mir klar, daß ich würde kämpfen müssen. Ich ging deshalb zu einem bekannten Kadi, eine Art Richter, in Maarif und bat ihn um Unterstützung. Ich erklärte ihm, daß es noch andere Frauen-Fußballgruppen im Land gebe und daß wir gern ein Turnier im Stadion stattfinden lassen wollten. Auch hatte ich die Idee, ihn um finanzielle Hilfe zu bitten, weil ich gern Mädchen aus ärmeren Vierteln eine Chance geben wollte.

Der Kadi hörte sich alles ruhig an. Welche Reaktion würde ich erwarten können? Zu meiner Freude war es gar nicht schwierig, ihn zu überzeugen. „Hervorragend!" rief er. „Ich gebe euch mein Wort, daß ab sofort auch Frauen im Stadion spielen dürfen!" Außerdem half er mit einigen Kontakten, die Gold wert waren. Ein wohlhabender Eigentümer verschiedener Versicherungsbüros, der bekannt dafür war, mit mehreren Frauen verheiratet zu sein, gab uns ausreichend Geld, so daß wir für alle Trainingsanzüge kaufen konnten, gute Fußballschuhe und sogar einen Bus mieten, um für ein Spiel eine andere Gruppe zu besuchen.

Zwei Jahre später rief mich der gleiche Kadi unerwartet an und sagte: „Hör mal – ihr habt nun Zeit gehabt, um zu trainieren! Ich möchte gern ein Resultat sehen. Wann kann ich ein Spiel im Stadion besuchen?"

Aufgeregt begannen wir, alles vorzubereiten für diesen besonderen Tag. Tausende von Menschen kamen – zum ersten Mal offiziell Frauen-Fußball im Nationalstadion von Maarif! Nicht nur der Kadi kam, sondern noch jede Menge weiterer bekannter Politiker, sogar mein Vater und meine drei Brüder.

Inzwischen spielten in unserer Elf nicht nur Frauen aus Maarif, sondern auch aus anderen Teilen von Casablanca, zum Beispiel aus dem populären Viertel Sbata. Ich hatte eine Gruppe armer Mädchen dafür begeistern können, bei uns mitzuspielen. Einige waren unglaublich gut. Eines von diesen Mädchen hatte bald den Spitznamen „Rummenigge", weil sie genauso hart schießen konnte wie der bekannte deutsche Fußballer.

Dieser Sonntag 1982 im Stadion von Casablanca wurde ein riesiger Erfolg. Jeder war stolz auf uns. Der Kadi wurde Präsident unserer Elf, und ich Vizepräsidentin. Kurz darauf wurde die erste Frauen-Nationalmannschaft gegründet, bei der ich ebenfalls Mitspielerin wurde. Unser größter Erfolg wurde ein Spiel gegen die französische Frauen-Nationalmannschaft mit 8:2 für uns.

Inzwischen war ich 21 und hatte wohl gehört, daß es ein Wort dafür gab, wenn Frauen einander liebten – „lesbische Liebe". Aber es bestand zugleich ein gewaltiger Mangel an Erfahrung. Meine zweite wirkliche Freundin nach Mayada wurde eine Frau, die ich anfangs überhaupt nicht nett fand. Nadia spielte auch in unserer Fußballelf in Casablanca, aber war schon ungefähr 30. Sie kam aus einer sehr reichen Familie, und ich hatte gehört, daß sie sich Mädchen aus armen Vierteln „kaufte". Das fand ich schrecklich und war deshalb gegen sie. Wir spielten gut im Team zusammen, aber privat achtete ich auf Abstand.

Beide kannten wir Miloda, ein Mädchen, das hochschwanger vor ihrer Familie nach Casablanca geflüchtet war. Als die Geburt kurz bevorstand, hatte Nadia für sie ein Zimmer gemietet und ihr auch sonst mit Geld geholfen. An jenem Tag, an dem Miloda ein gesundes Kind zur Welt gebracht hatte, rief mich Nadia an und fragte, ob ich die erste Nacht bei Miloda und ihrem Baby bleiben könne, weil sie woanders sein mußte. Ich antwortete: „Ja, das tue ich gern für Miloda!" Ich lief zu dem gemieteten Zimmerchen und blieb die Nacht über bei der jungen Mutter.

Am folgenden Morgen kam auch Nadia, um das Baby zu sehen. Wenig später fragte sie mich, ob ich Lust hätte, mit ihr in einem Café zu frühstücken. Ich fragte: „Ja, wieso?" Als wir um ein kleines Tischchen saßen, meinte Nadia ernst: „Ich habe das Gefühl, daß du mich haßt – warum,

Nezha? Was habe ich dir getan?" Ich antwortete ehrlich: „Ich habe gehört, daß du Mädchen kaufst, und das finde ich nicht gut!" Nadia schaute traurig: „Wie kannst du das einfach von anderen glauben? Frag mal Miloda oder andere Mädchen! Ich habe ihnen wirklich nur geholfen. Nur weil ich lesbisch bin, verbreiten manche Leute eigenartige Geschichten über mich ..."

In diesem Augenblick fühlte ich, daß Nadia die Wahrheit sprach, und schämte mich. „Entschuldige, Nadia!" sagte ich leise. Von diesem Tag an wurden wir Freundinnen und bald darauf richtig verliebt. Drei Jahre blieb ich bei Nadia. Wir hatten den gemeinsamen Sport, und ich durfte in ihrem Zimmer bei ihrer Familie übernachten, so wie sie bei uns in meinem Bett schlafen konnte. Meine Eltern waren stolz auf mich und sahen, daß ich zufrieden war.

Trotzdem wuchs in mir eine immer größere Sehnsucht, einmal auch andere Länder zu sehen. Außer Frankreich, das ich nicht besuchen wollte, wäre ich so gern in andere europäische Länder oder gar nach Amerika gegangen. Nadia hatte da leider gar kein Interesse daran. Nach meinem vierundzwanzigsten Geburtstag sagte ich zu ihr: „Nadia, ich habe eine Schwester, die zur Zeit in Frankreich wohnt, und eine Schwester in Holland. Das ist eine besondere Chance für mich. In den nächsten Ferien werde ich sie besuchen – und wenn ich Arbeit finden sollte, dann bleibe ich länger." Ich denke, daß Nadia sich kein Bild machte, wie ernst es mir war.

Wenig später brach ich nach Den Haag in den Niederlanden auf, wo eine meiner Schwestern wohnte. Leider war unser Verhältnis nicht so gut. Sie behandelte mich wie ein Kind, das abends früh zu Hause sein mußte, und alles war immer zu gefährlich! Einmal rief ich traurig meine Mutter in Casablanca an. Sie sprach zu mir: „Nezha, nimm mal deinen Paß, und sei erwachsen! Du weißt doch selbst gut, was du willst und wie du das erreichen kannst. Deine Schwester muß dich nicht wie ein kleines Mädchen behandeln!" Wie froh war ich, so eine Mutter zu haben!

Ermutigt packte ich meinen kleinen Koffer und zog nach Amsterdam. Zufällig fand ich dort die Lesbenkneipe *Vive la vie* – oder war es kein Zufall? Bald lernte ich Freundinnen und Freunde kennen. Mit deren Hilfe war ich nur vier Monate illegal im Land. Meine jetzige Freundin Olga lernte ich während meiner Arbeit in einem Altersheim kennen.

Seit fünf Monaten leben wir glücklich zusammen. Olga ist schon 42, Niederländerin und Jüdin. In unserer Wohnung stehen der Koran, die Bibel und der Talmud nebeneinander im Bücherregal. Liebe ist doch stärker als alles andere ... jedenfalls, wenn du keine Angst hast und bereit bist, dafür zu kämpfen.

Im Sommer kommt meine Mutter zu uns auf Besuch in die Niederlande.

Rui Sheng

Ein geborener Kämpfer aus China

Rui (18) in Beijing.

Rui (30) in London.

Obwohl meine Mutter einmal eine intelligente und hübsche Frau war, erinnere ich sie doch zuerst als verrückt – einfach durchgedreht, krank im psychischen Sinn. Als ich ungefähr sechs oder sieben war, verschwand Mutter eines Nachts ohne jede Vorankündigung. Um Mitternacht verließ sie unser kleines Haus. Als Vater am folgenden Morgen erwachte, konnte er sie nirgendwo finden. Als er nachmittags von seiner Arbeit als Lehrer heimkehrte, war sie noch immer nicht da. Vater setzte mich auf sein Fahrrad, und drei oder vier Stunden fuhren wir überall umher, um sie zu suchen. Zuerst in unserer Nachbarschaft, später in anderen Vierteln von Tianjin, wo ich geboren bin, eine Stadt mit rund sechs Millionen Einwohnern, 120 Kilometer entfernt von der Hauptstadt Beijing.

Mutter kam schließlich allein zurück. Niemand erfuhr, wo sie gewesen war. Manchmal war sie ganz freundlich, und manchmal wurde sie ohne jeden Grund zornig gegenüber mir oder meinen beiden jüngeren Schwestern. Niemals hatten wir Spielzeug als Kinder. Niemals erfuhren wir Liebe von ihr ...

Kurz darauf entschied Vater, daß ich nicht länger zu Hause wohnen sollte. Ich wurde zu meinem geliebten Großvater Weibin geschickt, der als Nachtwächter in einer Fabrik arbeitete. Er lebte auf dem Fabrikgelände zusammen mit einigen anderen Arbeitern Tag und Nacht. Die folgenden zwei Jahre mit Großvater Weibin sind meine schönste Kinderzeit. Weibin heißt „nobel" im Chinesischen – und das beschreibt ihn in der Tat.

Nur an den Wochenenden ging ich ab und zu heim. Eigenartigerweise fehlte mir Mutter, obwohl sie doch so unberechenbar gegenüber uns Kindern war. Ich wollte sie sehen, weil ich Angst hatte, daß sie sterben könnte, während ich nicht da war. Ich erinnere mich, wie ich dachte: Es ist besser, eine kranke Mutter zu haben als keine Mutter.

Meine Eltern hatten einander an der Hochschule kennengelernt. Sie war 20 und Studentin. Er war sechs Jahre älter und ihr Lehrer in chinesischer Literatur und Politik. Ich weiß nicht, wie sie sich verliebten, aber offensichtlich war die Liebe meiner Mutter nicht so stark wie die meines Vaters. Schon nach einiger Zeit fand sie, daß mein Vater nicht attraktiv genug war, weil seine Haut dunkler ist als ihre. Eine helle Haut zu haben galt als Ideal zu jener Zeit. Später wurde in der Familie sogar erzählt, daß sie noch vor der Ehe eine Affäre mit einem Sportlehrer an der gleichen Schule gehabt habe. Wie auch immer – als sie schwanger wurde, zeigte sich mein Vater doch so mutig und verantwortungsbewußt, sie zu heiraten. Er liebte sie aus ganzem Herzen und liebt sie noch immer, obwohl sie ihm soviel Probleme und Leid seitdem brachte. Ich habe niemals einen Menschen mit einer größeren Liebe kennengelernt als meinen Vater.

Der Rest seiner Familie akzeptierte Mutter niemals wirklich. Sie fanden, daß sie ein verwöhntes Mädchen war. Zur Zeit meiner Geburt herrschte eine schreckliche Hungersnot in China. Niemand konnte genügend Nahrung kaufen, alles war rationiert. Meine Tanten erzählten mir später, daß meine Mutter in jener Zeit nur darum besorgt gewesen sei, selbst genug zu essen zu bekommen.

Als ich ein Jahr alt war, begann die Krankheit von Mutter auszubrechen. Sie wurde immer unruhiger und konnte sich kaum um mich kümmern. Sie schnürte mich in Tücher ein, wie es an sich die meisten Mütter in China mit ihren Babys tun. Das ist fraglos nicht gut für die Kleinen, die sich so kaum bewegen können und sehr passiv werden. Mutter ließ mich stundenlang so liegen.

Meine Großeltern stritten oft mit ihr und meinem Vater. Für sie war ich ihr erster Enkel, ihr großer Liebling. Manchmal kleideten sie mich ungewöhnlich schön, ab und zu auch in Mädchenkleidern. Noch bevor ich zur Schule kam, konnte ich bereits lange Gedichte aufsagen. Oft sagten sie mir, wie hübsch ich sei. Vater stand immer zwischen ihnen und Mutter, aber er sagte niemals ein schlechtes Wort über seine Frau.

Vaters Familie gehörte zum Mittelstand, was nicht günstig war nach der kommunistischen Revolution von 1949, als Mao an die Macht kam in China. Mein Vater war 15 in jenem Jahr. Er erfuhr, daß andere Jungen aus Arbeiter- oder Bauernfamilien vorgezogen wurden. Jedoch sprach er so gut wie nie über diese Erfahrungen. Mir gegenüber verhielt er sich immer mehr wie ein Kamerad als wie ein Vater. Aber der wichtigste Mensch in meinem Leben bleibt Weibin, mein Großvater.

Als ich zu ihm auf das Fabrikgelände zog, ermutigte er mich vom ersten Tag an zur Selbständigkeit, obwohl ich gerade erst sieben war. Niemals vergesse ich jene Momente, in denen er nachts irgendwo auf dem riesigen leeren Gelände stand und neben ihm jener kleine Junge – ich. Oft sprachen wir kein Wort, aber ich fühlte mich zu Hause bei ihm. Jede Nacht schliefen wir zusammen in einem kleinen Bett.

Nicht viel später hatte ich mein erstes sexuelles Erlebnis mit einem Mann, lange bevor ich überhaupt Worte dafür hatte. Einer von den anderen Arbeitern, die wie wir bei der Fabrik übernachteten, fragte mich einmal, ob ich ihn nicht zur Toilette begleiten wolle. Er war über 40, ein dicker Mann mit Glatze, der jedoch immer sehr freundlich war. Als ich ihn das erste Mal sah, mußte ich unwillkürlich an Buddha denken. Als wir allein in der Toilette waren, bat er mich, sein Glied in die Hand zu nehmen und damit zu spielen. Sein Glied war ungewöhnlich groß, und ich war fasziniert, es zu berühren. Er zwang mich in keiner Weise, und ich war nicht ängstlich. Irgendwie fühlte ich – hier geschieht etwas mit einer besonderen Bedeutung für mich. Trotzdem sprach ich zu niemandem darüber. Wir trafen uns noch öfter, meistens auf meine Initiative hin.

Obwohl ich ein guter Schüler war, mochte ich den Unterricht nicht. Ich fand Schule schrecklich langweilig. Draußen war soviel mehr zu entdecken. Ich begann, in der Schule zu lügen und zu behaupten, daß ich krank sei oder aus anderen Gründen nach Hause gehen müsse. Dann ging ich ganz allein in der Stadt spazieren. Eines Tages entdeckte ich den

Zoo von Tianjin für mich. Ich war unglaublich beeindruckt von all den verschiedenen Tieren. Wieder und wieder wollte ich in den Zoo, so daß ich begann, kleine Geldbeträge für den Eintritt aus Großvaters Teedose zu stehlen, die über unserem Bett stand. Es war nur ganz wenig Geld, und lange merkte er nichts davon.

Ich war acht, als ich einmal wieder zum Zoo ging. An diesem Tag fiel mir ein Mann auf, der offensichtlich fremd hier war. Ich ging auf ihn zu und fragte ihn, ob ich ihn durch den Zoo führen dürfe. Er war sehr männlich und attraktiv, vielleicht Anfang 30, und stammte aus einer der nördlichen Provinzen. Ich denke nicht, daß er schwul war. Jedenfalls hatten wir viel Spaß zusammen: Er kaufte mir Limonade, und später gingen wir zu einem Photostudio, um ein Erinnerungsphoto machen zu lassen. Überglücklich lief ich danach heim.

Kurz darauf entdeckte Vater einige Zoo-Eintrittskarten in meiner Hosentasche sowie den Bon aus dem Photostudio, den der schöne Mann aus dem Norden bezahlt hatte. Vater stellte mich sofort zur Rede: „Rui – woher hast du das? Wie konntest du das alles bezahlen?"

Ihn konnte ich nicht anlügen. Ich schämte mich sehr ihm gegenüber. Diese Scham nahm noch zu, als Großvater sogar noch für mich eintrat und meinem Vater sagte: „Hör mal, er ist doch noch ein Kind!" Vater jedoch war zornig. Das einzige Mal in meinem ganzen Leben schlug er mich. Danach sprach er die Worte, die mich am tiefsten trafen: „Du kommst sofort mit nach Hause. Ich möchte nicht, daß du länger bei Großvater bleibst!"

Obwohl nun die zwei Jahre täglichen Lebens mit Großvater vorbei waren, blieb er weiter am wichtigsten für mich. Er starb 1983, 76 Jahre alt. Ich war inzwischen schon ein junger Mann von 21 Jahren. Und doch vermißte ich ihn sehr. Es gab Zeiten, in denen ich ihm beinahe gefolgt wäre ...

Mutter war unverändert krank, als ich zurückkam. Aber ich war inzwischen noch unabhängiger geworden, ein Kämpfer, selbst unter den schwierigsten Umständen. Zum Glück hatte ich wenigstens in der Schule niemals Probleme.

Inzwischen wurde mir mehr und mehr klar, wie sehr ich mich von Männern angezogen fühlte. Ich war elf oder zwölf, als ich ab und zu mit einem meiner Onkel zu einer nahen Fabrik ging, wo alle Leute aus der Nachbarschaft warm baden konnten. Viele Leute machten das so, denn nur wenige hatten eine Dusche oder gar Badewanne zu Hause. Wenn ich meine Augen schließe, sehe ich bis heute seinen nackten Körper vor mir: Er war sehr groß, jeden seiner starken Muskeln bewunderte ich, er wirkte mehr wie ein Russe als wie ein Chinese. Außerdem hatte auch er ein ungewöhnlich großes Glied, das all meine Aufmerksamkeit gefangen nahm. Zu gern hätte ich ihn berührt, aber ich traute mich nicht. So blieb mir nur meine Phantasie, in der ich mir vorzustellen begann, wie erregend es sein müßte, ihn zu umarmen, zu küssen, zu atmen.

Eines Tages, ich war nun schon 14, fragte mich eine meiner älteren Schwestern: „Rui, du bist so oft mit gutaussehenden Jungs zusammen! Bist du – *tong xing lin*?"

Erschrocken zuckte ich zusammen. Bis jetzt hatte ich nicht wirklich darüber nachgedacht. Meine eigenen Gefühle waren mir doch so vertraut und deshalb ganz natürlich erschienen. Niemals hatte ich mich krank oder so etwas gefühlt. *Tong xing lin* bedeutet wörtlich „in das eigene Geschlecht verliebt". Offensichtlich meinte es meine Schwester damals gar nicht so ernst, sie hatte mehr einen Scherz machen wollen. So rettete ich mich zunächst, indem ich zurückscherzte: „Ich sehe schließlich selbst gut aus, darum bin ich auch am liebsten mit Jungs zusammen, die so sind wie ich."

Wir lachten beide. Dann aber bohrte sie nach: „Magst du keine Mädchen?" – „Klar!" entgegnete ich. „Aber ich bin eben sehr wählerisch bei Mädchen ..."

In China gibt es keine Gesetze gegen Homosexualität. Gleichzeitig ist es jedoch auch keineswegs akzeptiert in der Gesellschaft. Die absolute Mehrheit ist überzeugt, daß Homosexualität unnormal und als Krankheit anzusehen ist. Das ist so ohne jeden religiösen Hintergrund. In der chinesischen Geschichte gibt es so viele wundervolle Geschichten über homosexuelle Liebe, sogar einige Kaiser waren bekannt dafür, daß sie auch männliche Liebhaber hatten. Unter der kommunistischen Regierung hatte jedoch niemand Interesse an derartigen Geschichten – es sei denn für Propaganda über die Verkommenheit der alten Herrscher.

Persönlich begriff ich ziemlich spät, daß ich schwul bin. Eine ernsthafte Auseinandersetzung begann eigentlich erst nach diesem Gespräch mit meiner Schwester. Schon immer hatte ich mich besonders stark nach Liebe und Aufmerksamkeit gesehnt. Aber nie hatte ich das Gefühl, daß ich deswegen zu einem Arzt gehen müsse. Heute denke ich, daß Liebe – die Fähigkeit zu lieben – das Wichtigste in einem Menschenleben ist. Es gibt so viele Menschen, die nicht lieben können. Ich kann lieben – und das ist ein wunderbares Gefühl, unabhängig davon, daß es sich in meinem Fall eben mehr auf Männer richtet.

Mein Traum ist, später einmal ein Buch zu schreiben über das Leben eines jungen Mannes in China heute, um aussprechen zu können, was ich alles durchstehen mußte. Schätzungen zufolge gibt es rund 60 Millionen homosexuelle Männer in China. Ich werde mit dem Schreiben beginnen, sobald ich zurück bin in China, daheim.

Schwules Leben in China erlebte ich erst, nachdem ich 18 geworden war und zum Studium von Internationalem Handel an die Universität von Beijing ging. Während der Woche lebte ich auf dem Campus und schlief in einem Studentenwohnheim. Am Wochenende wohnte ich bei einem Onkel in der Stadt.

Der einzige Platz, wo man damals und auch noch heute in China andere Männer für sexuelle Erlebnisse treffen konnte, sind öffentliche Toiletten. Es ist schwer zu sagen, ob alle Männer, die dort wegen Sex hingehen, wirklich schwul sind. Einige dieser Orte sind ausgesprochen riesig, ohne Türen, so daß es möglich ist, von einem Platz aus mehr als 20 Männern gleichzeitig zuzuschauen, wie sie mit ihren Geschlechtsteilen spielen und versuchen, die Aufmerksamkeit von anderen zu bekommen. Es sind dort Männer jeden Alters und aus allen Bereichen der Gesellschaft anzutreffen.

Eines Abends traf ich meinen ersten Freund dort. Als ich schon hinausgegangen war, spürte ich, daß mir jemand folgte. Ich nahm dann trotzdem einen Bus, um zu meinem Onkel zu fahren, sah aber durch die Fensterscheibe, daß er auf seinem Fahrrad hinterherfuhr. Nach vier oder fünf Haltestellen stieg ich aus. Ich hatte bemerkt, daß er die Uniform eines Rotarmisten trug – und daß er sehr stark und hübsch war.

Er hielt mit seinem Fahrrad direkt neben mir und fragte: „Was hast du mehr als 20 Minuten lang in der Toilette gemacht?“

Da ich mir sicher war, daß er auch schwul war, hatte ich keine Angst. Ich lächelte nur, und er fuhr fort: „Ich würde dich gern ins Kino einladen. Hast du Lust?“

„Ich muß erst meinen Onkel fragen!“ entgegnete ich.

In jedem Fall benötigte ich Zeit, um mir klar zu werden, was ich wollte. Als ich meinen Onkel fragte, ob ich später kommen dürfe, nickte er nur: „Aber nicht zu spät!“ Inzwischen wußte ich, daß ich zu dem attraktiven jungen Soldaten zurückwollte, und stimmte seiner Einladung zu. Wir gingen in ein Kino ganz in der Nähe. Ich weiß heute nicht einmal mehr, welcher Film dort spielte, aber ich erinnere genau, wie er sich bemühte, zwei Sitze nebeneinander zu finden, wo niemand uns beobachten konnte.

Als es dunkel wurde im Saal, legte er vorsichtig eine Hand auf mein Knie. Ich streifte zart seine Hand zum Zeichen des Einverständnisses. Dann öffnete er meine Hose und berührte mein größer werdendes Glied – eine unglaublich aufregende Erfahrung, da ich zum ersten Mal etwas in meinem Herzen für diesen Mann fühlte. Einfach ganz anders als der anonyme Sex auf den Toiletten.

Später erfuhr ich, daß sein Name Qigang war. Er war 27 und der Sohn eines hohen Armeeoffiziers. Aus diesem Grunde verfügte er trotz seiner Jugend bereits über einige besondere Privilegien – so hatte er sogar eine eigene Wohnung! Dies war ein unglaublicher Luxus, den wir ungeheuer genossen. Es machte uns unabhängig von Toiletten und Kinos und anderen versteckten Orten. Ganze Wochenenden konnte ich so bei ihm verbringen.

Später erfuhr ich, daß er eigentlich kein Soldat mehr war, sondern als Computerprogrammierer an der Universität arbeitete. Ich hatte gerade begonnen, Englisch zu lernen, und öfter hatten wir viel Spaß, indem wir uns in unserem komischen Chinesisch-Englisch unterhielten. Diese erste Beziehung mit einem Mann hätte eigentlich sehr lange so weitergehen können. Alle Umstände waren außerordentlich günstig. Unglücklicherweise ging es Qigang im Laufe der Zeit mehr und mehr nur noch um Sex. Er wurde geradezu besessen davon, andauernd mit mir Sex zu haben. Ich liebte ihn wirklich von Herzen. Aber für mich bedeutet eine Beziehung doch mehr, als nur und in erster Linie Sex zu haben.

Nach zwei Jahren kam der Wendepunkt: An jenem Wochenende mußte ich mich auf ein besonders schwieriges Examen vorbereiten, als ich ihn zufällig auf der Straße ganz in der Nähe jener Toilette von damals traf. Er forderte mich auf, mit zu ihm zu kommen. Aber ich brauchte noch dringend Zeit für die Prüfung am nächsten Tag. In diesem Konflikt packte er eines der Bücher, die ich für die Vorbereitung unter dem Arm hatte, und erpreßte mich mit den Worten: „Das bekommst du nur zurück, wenn wir Sex gehabt haben!

In mir zerbrach etwas mit einem schrillen Ton. Deutlich spürte ich: Nein, so sollte es nicht weitergehen. Ich wandte mich ihm langsam zu und sagte ganz ruhig: „Behalte das Buch – ich werde nie mehr Sex mit dir haben. Ich liebe dich nicht mehr!" Dann rannte ich weg, ohne mich auch nur noch einmal umzudrehen. Am nächsten Tag fiel ich durch die Prüfung, aber ich akzeptierte den Preis.

Nach meiner ersten Liebe zu Qigang wollte ich daraus lernen und mich sorgfältiger umschauen. Inzwischen konnte ich andere Schwule an der Universität erkennen und wußte, wie sie sich auf privaten Partys trafen, die niemals offen schwul waren, bei denen du jedoch wußtest – hier würdest du mehr Schwule und Lesben treffen als anderswo.

Mir waren diese neuen Möglichkeiten wesentlich sympathischer als die strikt anonymen und geheimen Orte, die ich bisher gekannt hatte. Auf einer jener Partys traf ich zum Beispiel Anthony, einen jungen Briten, der hier chinesische Geschichte studierte. Oder einen hochrangigen Attaché der jugoslawischen Botschaft, der regelmäßig kam.

Mit 21 schloß ich mein Studium mit einem Examen in Wirtschaftswissenschaften ab. Wenig später begann ich, für den chinesischen Zoll zu arbeiten. Ich lebte in einem Wohnheim für Angestellte und teilte mir das Zimmer mit Bo, der auch gerade sein Examen bestanden hatte – und ebenfalls schwul war! Bo erzählte mir von seinen Träumen, China zu verlassen, um woanders ein freies Leben zu führen. Für mich war das ein provozierender Gedanke – jedoch zugleich sehr faszinierend. Ich mußte immer wieder daran denken. Bo verwirklichte seine Träume später mit Hilfe seines Freundes und lebt heute unter dem Namen Paul glücklich in Neuseeland.

Ich hatte noch mehr als eineinhalb Jahre nötig, bevor ich so weit war. Nur mit wenigen vertrauten Freunden sprach ich überhaupt darüber, zu Hause kein Wort. Eines Tages bekam ich einen Brief von Anthony, der nach England zurückgekehrt war und dort mit seinem Freund ungefähr 100 Kilometer von London weg wohnte. Er bot mir an, für die ersten drei Monate die Studiengebühren an der Londoner Schule für Außenhandel zu bezahlen, sowie einen Schlafplatz bei sich und seinem Freund. Ich müßte nur noch einen Weg finden, um von Beijing nach London zu kommen.

Obwohl die ganze Idee völlig unmöglich erschien, war Anthonys Vorschlag der entscheidende Anstoß. Von meiner Familie war keine Hilfe zu erwarten. Neben meiner Arbeit für den Zoll begann ich, zusätzlich als Fremdenführer dazuzuverdienen, was mir interessante Kontakte brachte, mein Englisch verbessern half und ab und zu auch etwas ausländisches Geld, das ich als besonderen Schatz hütete. Trotzdem hätte ich es vielleicht nie geschafft, wenn ich nicht eines Tages einen älteren chinesischen Geschäftsmann aus Hongkong kennengelernt hätte, der einen Sohn in meinem Alter hatte, der in London lebte. Er war in keiner Weise schwul, aber er verstand meinen Wunsch, China zu verlassen und nach England zu gehen. Einmal sagte er zu mir: „Hör mal zu, junger Mann! Ich bezahle dir ein One-way-Ticket von Hongkong nach London, wenn du es wirklich ernst meinst!“

Ohne Zögern entgegnete ich: „Ich meine es ernst! Ich werde alles tun, um das Geld für das Ticket von Beijing nach Hongkong aufzutreiben – und werde mich dann sofort bei Ihnen melden!“

Und so geschah es: Ich arbeitete wie verrückt, und nach ein paar Monaten und mit ein paar Extra-Trinkgeldern ausländischer Touristen konnte ich schließlich den Flug nach Hongkong kaufen. Ich rief meinen großzügigen Helfer an, und er bestätigte, daß er alles für meinen Weiterflug nach London vorbereiten würde. Die letzten Stunden in China konnte ich kein Auge mehr zumachen ...

In London kam ich mit einem kleinen Koffer und 20 US-Dollar in der Tasche an. Anthony holte mich vom Flughafen ab, von wo aus wir zu ihm nach Hause fuhren. Ich war so glücklich, aus China herausgekommen zu sein. Ich war genau 25 und konnte doch noch soviel lernen. Nach langer Zeit schlief ich zum ersten Mal wieder tief und ruhig ...

Zwei Tage später fuhr ich von Anthonys Wohnort nach London. Der einzige Name, den ich dort kannte, war der des Sohnes jenes Hongkonger Geschäftsmannes. Ich rief ihn von einer Telefonzelle aus an – und er lud mich spontan zu sich nach Hause ein. Ich konnte bei ihm wohnen für eine Weile. Und Anthony hielt Wort und bezahlte die ersten drei Monate meine Studiengebühren.

Drei Monate ... Eine neue Welt öffnete sich mir. London war die erste wichtige Erfahrung zu überleben – und in Kontakt zu kommen mit westlicher Kultur und Gesellschaft. Ich erfuhr, wie wenig Menschen im Westen über den Osten wissen. Neben meinem Studium in der Schule und auf der Straße hatte ich alle nur vorstellbaren Jobs, die mir halfen, das Leben in Westeuropa besser zu verstehen. Wie mein geliebter Großvater begann ich meine Karriere in Nachtschichten – zuerst als Nachtportier in einem Hotel, dann in mehreren chinesischen Restaurants, später als Sprecher für die chinesische Abteilung des BBC *World Service*. Zwischendurch begann ich, Aufträge als Model für verschiedene Agenturen anzunehmen. Sobald ich meine eigene Existenz gesichert hatte und unabhängig von anderen Menschen leben konnte, begann ich, andere Länder in Europa zu erkunden – Deutschland, Belgien, Frankreich.

Als ich 28 war, zum Ende des Jahres 1990, traf ich meinen späteren Freund Mauritz, einen Niederländer, der aus Amsterdam ein paar Tage zu Besuch in London war. Zum zweiten Mal in meinem Leben spürte ich tiefe Liebe gegenüber einem anderen Mann. In den Zeiten, in denen wir getrennt waren, begann ich, sein Porträt in Öl nach einem kleinen Paßphoto zu malen. Im Sommer 1991 zog ich nach Amsterdam, um mit ihm zu leben. Ich lernte Niederländisch und begann, eine eigene Handelsfirma aufzubauen.

Zur Zeit bereite ich meine Rückkehr nach China vor, um in Beijing neue Möglichkeiten zur Ausbreitung meiner Firma zu untersuchen – und nicht zuletzt, um nach acht Jahren in einer anderen Welt wieder China zu erleben.

Mary Afdan

Singen über die Liebe in Indonesien

Mary (5) in den Niederlanden.

Mary (30) als bekannte Sängerin in Indonesien.

Mary heute.

Mutter war gerade 14, als sie zum ersten Mal verheiratet wurde. Sie kam aus einer armen Familie von der Insel Java. Als das erste Baby kam, war sie selbst im Grunde noch ein Kind. Diese Ehe muß eine einzige Folter gewesen sein. Aber irgendwie gelang es Mutter, von ihrem ersten Mann geschieden zu werden, als sie 16 war.

Um mit ihrer kleinen Tochter überleben zu können, heiratete sie im gleichen Jahr einen holländischen Soldaten. Zu der Zeit war der Unabhängigkeitskampf noch voll im Gange in Indonesien, das offiziell eine niederländische Kolonie bis 1945 gewesen war. Mutter war im neunten Monat schwanger, als ihr zweiter Mann getötet wurde. Sie war 17, als sie erneut allein war – mit zwei kleinen Mädchen.

Schließlich fand sie wenigstens einen Job als Putzfrau in einem Militärcamp, in dem Niederländer und Molukker zusammen Dienst leisteten. Die Molukker waren Verbündete der Niederländer in deren Auseinandersetzung mit den indonesischen Freiheitskämpfern. Hier traf sie endlich jenen Mann, mit dem sie ihr weiteres Leben verbringen sollte – meinen Vater, einen jungen molukkischen Soldaten, der gleichzeitig als Sanitäter dem Militärarzt assistierte. Sie heirateten beide im Alter von 19 Jahren, unmittelbar nachdem die Niederlande die Unabhängigkeit Indonesiens 1949 anerkannt hatten.

1951 verließen sie zusammen mit vielen anderen molukkischen Familien Indonesien, um einem Angebot der niederländischen Regierung folgend nach Holland zu übersiedeln. Während der Überfahrt nach Europa wurde mein ältester Bruder Frans auf dem Schiff geboren. Nach ihrer Ankunft wurden alle molukkischen Familien in verschiedenen Lagern untergebracht. Die meisten von ihnen mußten in diesen Flüchtlingscamps mehrere Jahre ohne Arbeitserlaubnis bleiben. Mein Vater erhielt seine Erlaubnis schließlich nach fünf Jahren.

Insgesamt bekamen meine Eltern neun Kinder – sechs Jungen und drei Mädchen. Ich war Nummer sieben, als ich in der Kleinstadt Hardenberg in Holland 1962 geboren wurde. Ich wuchs zweisprachig auf – zu Hause wurde Indonesisch gesprochen, auf der Straße und im ersten Jahr Kindergarten lernte ich Niederländisch. Ich höre noch, wie mich die kleinen holländischen Kinder immer „*Krullebol!*" – Lockenkopf – riefen, wenn sie mich sahen. Aber ich war ein starkes Kind und mochte das. So lachte ich zurück und hatte nicht den leisesten Verdacht einer Diskriminierung.

Kurz bevor ich eingeschult werden sollte, entschied Vater, daß die gesamte Familie zurück nach Indonesien gehen müsse, obwohl er selbst inzwischen einen ziemlich guten Job in einem Elektronikunternehmen gefunden hatte. Er hatte sich nie zu Hause gefühlt in Holland und bekam – besonders jeden Winter – schreckliches Heimweh. Meine ältesten Brüder dagegen, die die Abschlußklassen einer technischen Hochschule besuchten, wurden beinahe verrückt. Sie fühlten sich absolut zu Hause hier, sprachen perfekt Niederländisch und erhofften sich gute berufliche Chancen. Besonders Frans versuchte alles, um in Holland bleiben zu können. Er war außerdem verliebt in ein holländisches Mädchen und immerhin schon 18. Aber Vater blieb eigensinnig.

Wir kamen mit unglaublich viel Gepäck in Jakarta an, sogar Fahrräder und Fernseher waren dabei. Vater war glücklich, Mutter besorgt, und alle älteren Kinder waren bedrückt. Wir zogen nach Malang, wo Vater einen Krämerladen eröffnete, der bald zu einem einzigen Fiasko werden sollte. Nicht allein weil Vater jede kaufmännische Erfahrung fehlte, sondern auch weil er wie verrückt um Geld zu spielen begann. Mutter und Vater stritten nur noch. Ich wurde nicht in der Schule aufgenommen, weil meine Kenntnisse von Bahasa, der indonesischen Sprache, zu schlecht waren.

Nachdem der Traum vom eigenen Laden ausgeträumt war, zog unsere Familie auf eine der Key-Inseln, auf der Vater geboren war. Zu seiner Begrüßung hatte man ein einwöchiges Fest organisiert. Als die Woche vorbei war, bestanden leider alle Probleme wie zuvor. Wir hatten noch immer die Fahrräder und Fernseher, aber man konnte nichts davon gebrauchen auf den Key-Inseln mit hohen Bergen und keinerlei Stromversorgung zu jener Zeit. Es war selbst unmöglich, sie ganz billig zu verkaufen.

Kurz nach der großen Willkommensparty zogen wir weiter nach Tual, der Hauptstadt der Key-Inseln. Hier wurde jedoch alles noch schlimmer. Meine Eltern hatten eine kleine Farm gemietet, ausgerechnet zu einer Zeit, die als eine der größten Trockenperioden des Landes in die Geschichte eingehen sollte. Wir verkauften alles, was sich noch verkaufen ließ, aus unserer Zeit in Holland. Doch selbst dann hatten wir kaum ausreichend zu essen. Wir überlebten nur, indem wir Fische angelten und Früchte in der uns umgebenden Natur sammelten. Wann immer möglich, machte Mutter *pisang goreng* – gebackene Bananen –, die ich im Fußballstadion oder sonstwo in der Stadt verkaufte.

Wir Kinder mußten alle arbeiten. Aber ich wollte doch so gern zur Schule gehen. Eines Tages protestierte ich: „Ich werde nicht mehr arbeiten, wenn ich nicht auch zur Schule darf!" Schließlich konnte ich den halben Tag zu einer nahen Schule, aber wir kamen auf keinen grünen Zweig in Tual. Nach einiger Zeit wurde Mutter sehr krank. Die ganze Situation hatte sie in eine tiefe Depression gestürzt. Es gab keine Hoffnung mehr für uns in Tual.

Schließlich entschied mein ältester Bruder Frans sich, die Key-Inseln zu verlassen. Er fuhr mit dem Schiff nach Sorong auf Irian Jaya, das früher Neu-Guinea hieß. Nachdem er dort eine Arbeit gefunden hatte, folgte ihm Vater, und noch etwas später kamen wir anderen. Anfangs lebten wir im Hause eines Arbeitskollegen von Vater. Aber das wurde bald zum Problem, weil dieser Mann immer mit meiner ältesten Schwester zusammensein wollte, was ihr überhaupt nicht gefiel. Endlich waren wir in der Lage, unser eigenes einfaches Holzhaus zu bauen. Wieder begannen wir mit Landwirtschaft. Diesmal jedoch hatten wir mehr Glück. Der umgebende Dschungel ernährte uns mit allen möglichen Früchten wie Ananas und Papayas während der Aufbauphase. Später errichteten wir dann ein *kandang*, einen Hühnerstall, der ein echter Erfolg wurde, weil wir die Hühner züchten und gleichzeitig ihre Eier verkaufen konnten.

In Sorong konnte ich regelmäßig zur Schule gehen. Obwohl ich inzwischen mindestens drei Schuljahre versäumt hatte, wurde ich bald zur Klassenbesten. Mutter kochte oft *nasi kuning* – gelben Reis –, den ich in der Schule an andere Kinder verkaufte. Sonntags ging die ganze Familie zur evangelischen Kirche. Ich besuchte außerdem noch einen Kindergottesdienst, und zusammen mit Vater begann ich, in einem Chor zu singen. Das Leben hatte wieder einen Wert bekommen.

Als ich ungefähr 14 war, bekam ich meinen ersten Kuß von einem Mann. Dieser Mann war Jimmy, ein Nachbarsjunge von höchstens 19 Jahren, der als Sicherheitsmann arbeitete. Eines Tages bat er mich, ihn nach Einbruch der Dunkelheit zu treffen. Ohne meinen Eltern ein Wort zu sagen, lief ich zu dem Baum, bei dem wir uns verabredet hatten. Es war Vollmond. Wir saßen eine ganze Weile still nebeneinander, als er mir plötzlich einen leidenschaftlichen Kuß gab. Ich sprang auf und schrie: „Jimmy, das darfst du nicht machen! Weißt du nicht, daß ich davon schwanger werden kann?" Dann rannte ich schnell nach Hause. Unglücklicherweise hatte einer meiner Brüder mich beobachtet, wie ich das Haus verlassen hatte, und war mir gefolgt. Als ich nun heimkam, erwartete mich Vater bereits mit einem Holzknüppel und verprügelte mich ganz fürchterlich.

Daheim versuchte ich, wann immer möglich, mich vor dem Kochen und anderen Hausfrauenpflichten zu drücken. Dies taten meistens meine beiden anderen Schwestern. Vater war durchaus stolz auf meine Schulleistungen. Es machte ihm auch Freude, mir Gitarre beizubringen, was ich ebenfalls leicht lernte. Mehr und mehr gefiel es mir, zu singen und Musik zu machen. Ich nahm bald darauf regelmäßig teil an den Gesangsausscheidungen anläßlich des Unabhängigkeitstages und wurde mehrfach hintereinander erste oder zweite.

Außerdem lernte ich Schachspielen mit meinen Brüdern. Lange Zeit sah ich ihnen nur zu – bis ich plötzlich einmal einem meiner Brüder den Tip gab: „Du mußt das Pferd hierhin stellen!" Er lächelte, weil er dachte, ich hätte keine Ahnung. Aber dies war der einzig richtige Zug gewesen – und von da an akzeptierten sie mich als Partnerin beim Schachspielen.

1983 schloß ich die Oberschule ab – mit dem besten Zeugnis aller Schüler jenes Jahres. Vater sagte: „Maria – du solltest zur Universität gehen!" Aber ich entgegnete: „Nein, Papa, das ist viel zu teuer!" Er jedoch wiederholte: „Hör mal, du mußt einfach studieren. Ich werde für dich bezahlen!" Mehr als einmal hatte Vater mich hart geschlagen, als ich noch kleiner war. Jetzt spürte ich, wie sehr er mich liebte.

Niemand in unserer Familie hatte gewußt, wie krank Vater bereits zu diesem Zeitpunkt war. Ich war 18, als ich nach Jayapura, der Hauptstadt Irian Jayas, ging, um an der dortigen Universität Wirtschaftswissenschaften zu studieren. Nach vier Wochen erhielt ich ein Telegramm meines Bruders Frans mit drei Worten: „Unser Vater starb." Es war ein furchtbarer Schock. Wenig später berichtete mir eine meiner älteren Schwestern, die schon verheiratet war und ein Kind hatte, daß ich weiterstudieren könne, da sie Vater auf dem Totenbett habe versprechen müssen, für mich während des Studiums zu sorgen.

Meine Schwester mußte dies zum Glück nur zwei Jahre tun. Dann fand ich einen Nebenjob als Buchhalterin. Ich wohnte in einem Studentenwohnheim in einem Zimmer mit sechs anderen Mädchen. Dieses Haus war sehr günstig: Für den ganzen Monat einschließlich Mahlzeiten mußte ich nur 6.000 Rupiah bezahlen – ungefähr 3 US-Dollar. Leiterin des Wohnheims war eine religiös eingestellte Niederländerin, die sehr streng war.

Ich teilte mir ein Stockbett mit Cornelia, die schon 24 war und sehr hübsch. Wir wurden beste Freundinnen. „Lea", wie ich sie nannte, war verliebt in einen Jungen, der Musiker war. Nach einer Weile trennte er sich von ihr und zog nach Jakarta, um dort seine Musik zu machen. Lea war am Boden zerstört. Sie weinte stundenlang.

Eines Nachts, als sie wieder am Heulen war, sprang ich von meinem oberen Bett und legte mich neben sie in das untere Bett. Sie tat mir so leid. Gleichzeitig fühlte ich eine große Anziehung. Es war stockdunkel im Raum. Alle anderen Mädchen schienen zu schlafen. Da küßte ich sie sanft auf die Wange. Zu meiner freudigen Überraschung erwiderte sie meinen Kuß. Wir küßten und umarmten uns bestimmt zehn Minuten. Dann schob sie mich plötzlich von sich. Verwirrt huschte ich zurück in mein Bett.

Am nächsten Morgen begegneten wir uns sehr schüchtern. „Mach das nie wieder, Mary!“ sagte Lea leise zu mir. „Aber ich liebe dich, Lea!“ entgegnete ich ohne Zögern. Ein Wort für lesbisch oder homosexuell kannte ich nicht. Ich fühlte nur, daß mehr als Freundschaft in mir war. „Ich liebe dich wie eine Schwester!“ antwortete Lea. Zum Glück blieben wir gute Freundinnen.

Ein oder zwei Wochen später besuchten wir Leas Schwester in einer anderen Stadt. Wir hatten so schöne Tage dort, daß wir völlig die Zeit vergaßen. Viel zu spät kamen wir zurück ins Wohnheim. Dort erwartete uns schon die holländische Heimleiterin. Sie war sehr zornig und sagte, daß wir beide am folgenden Tag das Haus verlassen müßten. Das wäre eine Katastrophe für mich gewesen, weil ich niemals eine andere Unterkunft hätte bezahlen können. Mit Tränen in den Augen flehte ich sie an, mir noch einmal eine Chance zu geben. Endlich meinte sie: „Ich werde dich in den kommenden vier Wochen nicht aus den Augen lassen. Wenn du einen Fehler machst, fliegst du!“ Weil Lea schon älter war, bekam sie diese Chance nicht und mußte gehen. Ich war völlig verzweifelt. Einen Monat lang tat ich nichts anderes als Saubermachen, Kochen und meine Schulaufgaben. Ich ging niemals aus und hatte die ganze Zeit Angst, daß sie mich doch noch wegschicken würde. Nach Ablauf der vier Wochen durfte ich bleiben und entspannte mich allmählich wieder. Von Lea habe ich nie wieder etwas gehört.

Etwa ein oder zwei Jahre später verliebte sich ein Theologiestudent ziemlich heftig in mich. Er war so jung wie ich, ungefähr 22, und von der Insel Java. Ganz ernsthaft ließ er mich wissen, daß er mich sofort nach dem Studium heiraten wolle. Sein Name war Isaak. Ruhig antwortete ich ihm: „Sieh mal, Isaak, ich kann dich nicht heiraten. Ich weiß nicht, was ich will. Aber ich möchte in keinem Fall heiraten ...“ Ich betete viel zu Jesus um Hilfe. Aber keine Antwort kam von oben.

Nach meinem Abschlußexamen fand ich ohne Probleme eine Arbeit über den Vater eines Mädchens, dem ich Gitarrenunterricht gegeben hatte. Ich begann als Sekretärin bei MAF – der *Mission of American Fellowship*. Kurz darauf jedoch wurde ich plötzlich schwer krank mit

Fieber und allen möglichen Schmerzen. Der erste Arzt, zu dem ich ging, diagnostizierte ohne besondere Untersuchung: „Oh, das ist Tuberkulose!" – und gab mir starke Medikamente. Aber es wurde nur noch schlimmer. Als ich mich kaum noch bewegen konnte, rief unsere Heimleiterin einen anderen Arzt, der etwas sorgfältiger untersuchte. Er fand heraus, daß ich an einer Typhusinfektion litt.

Über einen Monat war ich krank. Danach war ich weiter so schwach, daß ich nicht zu meiner Arbeit zurückkehren konnte. Ich fühlte mich unglaublich müde, traurig und durcheinander. Wie ein Kind fuhr ich mit letzter Kraft heim zu Mutter nach Sorong. Sie pflegte mich einen weiteren Monat. Langsam kehrte meine Hoffnung auf das Leben zurück. Nach diesen Wochen mit Mutter sagte ich eines Morgens mit klarer Stimme: „Danke für alles, Mama! Aber ab jetzt muß ich für mein Leben selbst verantwortlich sein – ich werde nach Jakarta gehen!"

Jakarta – eine Weltstadt mit unbegrenzten Möglichkeiten! Das jedenfalls dachte ich. Ich wußte, daß einer meiner Brüder dort lebte. Die erste Zeit konnte ich so bei ihm und seiner Familie wohnen. Täglich schrieb ich Bewerbungsbriefe, ich kaufte alle Zeitungen wegen der Stellenanzeigen und fragte jeden, den ich traf, nach Arbeit. Doch obwohl ich gute Zeugnisse von der Uni und selbst schon einige Berufserfahrung hatte, konnte ich nichts finden.

Ich war inzwischen 25, als ich Isabella auf der Straße traf. Ich kannte sie noch aus unserer Zeit auf den Key-Inseln. Sie lebte in Jakarta allein mit ihrem kleinen Kind. Einmal fragte sie mich: „Kannst du singen, Mary?" Begeistert rief ich: „Und wie! Ich liebe singen!" Isabella nahm meinen Arm: „Mary, zieh dein bestes Kleid an und leg tüchtig Make-up auf! Ein Freund von mir kennt eine Nachtclubband, die gerade eine Sängerin sucht!"

Kaum konnte ich abwarten, bis der Abend kam, an dem wir zum LCC-Club gehen sollten. Gleichzeitig hatte ich auch Angst, denn bisher hatte ich mal gerade in der Kirche und bei lokalen Wettbewerben gesungen. Als wir schließlich vor dem Manager des Nachtclubs standen, meinte er nur trocken: „Okay, da ist die Band. Laß mal was hören!" Ich hatte keinen Schimmer, welche Art von Musik er erwartete. Schließlich fragte mich einer der Musiker: „Kennst du *My Way* von Frank Sinatra?" Das kannte ich. Also sang ich: *„I did it my way ..."*

Nach diesem ersten Auftritt meinte der Manager zu mir: „Du kannst hier einen Monat ohne Gage auftreten. Wenn's gefällt und alles andere okay ist, kannst du den Job bekommen!“ Ich hatte keine Alternative. Vier Wochen sang ich jede Nacht von 21 Uhr abends bis 2 Uhr nachts ohne Geld. Danach wurde ich tatsächlich feste Sängerin der Band *Crown* im LCC-Nachtclub mit einer Startgage von 150.000 Rupiah im Monat, die ungefähr 75 US-Dollar entsprachen.

Ein völlig neues Leben begann. Nicht lange nachdem ich begonnen hatte, beruflich zu singen, traf ich einen Mann von den Molukken, mit dem ich eine Nacht in seinem Hotel verbrachte. Es war das erste Mal Sex mit einem Mann. Ich verlor meine Unschuld in jener Nacht, aber wußte danach in aller Klarheit: Diese Art von Sex möchte ich nicht. Ich liebe Männer nicht. Es tut weh ...

Die folgenden zwei Jahre in diesem Eliteclub im Zentrum von Jakarta hatte ich fast keinerlei Privatleben mehr. Ich arbeitete nachts und schlief den halben Tag. Nachmittags probte ich mit der Band. Ich wurde die erfolgreichste Sängerin des Clubs und bekam inzwischen rund 500 US-Dollar, was damals wirklich ganz schön viel war. Danach erhielt ich ein noch besseres Angebot eines anderen Nachtclubs in Bandung.

In Bandung traf ich meine erste richtige Freundin. Ihr Name war Rosy, und sie arbeitete als Stewardeß bei *Indonesian Airlines*. Ihr Vater hatte an uns Musiker ein kleines Haus vermietet – und so traf ich sie zum ersten Mal. Sie besuchte dann unsere Show, und eines Nachts fragte sie mich: „Kannst du den Song *Feelings* einmal für mich singen?“

Kurz darauf hatte sie eine ganze Woche frei, die wir beinahe ausschließlich zusammen verbrachten. Eines Abends kam sie mit auf mein Zimmer. Sie bot mir eine Massage an, die ich sehr genoß. Ihre Hände waren so warm und zärtlich. Schließlich drehte ich mich zu ihr um und bat sie: „Rosy, kannst du meinen ganzen Körper massieren?“ In dieser Nacht verliebten wir uns. Ich war nun schon 27, sie war erst 23. Endlich fühlte ich: Das ist es, was ich bin! Wir verbrachten die ganze Nacht allein mit Massieren, Streicheln, Küssen ...

Nach weiteren vier Monaten merkte ich, daß mich die ständige Gesellschaft der Jungs von der Band zu nerven begann. Wir lebten so eng aufeinander, und jeder wußte beinahe alles über den anderen. Rosy und mir war klar, daß wir unsere Liebe geheimhalten müßten. Als ich mich entschloß, zurück nach Jakarta zu gehen, schloß sich Rosy sofort an.

Diesmal fand ich leicht neue Arbeit im *Jaya Pub*, der zumeist von Ausländern besucht wurde. Hier erhielt ich meine eigene Show – ich wurde zum Star des Programms. Rosy und ich waren so glücklich am Anfang. Ich hatte meine eigene kleine Wohnung in Jakarta, wo wir zusammenlebten, wenn sie müde von ihren Flügen heimkam. Immer wieder jedoch blitzte die Angst durch, daß jemand unsere verbotene Liebe entdecken könnte – es hätte sowohl ihre wie meine berufliche Karriere sofort zerstört. Nach etwa einem Jahr konfrontierte sie mich vom einen auf den anderen Tag mit einer Entscheidung: „Mary, ich kann so nicht weiterleben. Ich möchte ein normales Leben haben ..." Ich war sehr traurig, als sie mich verließ. Kurz darauf hörte ich, daß sie schon verheiratet war und ein Baby erwartete ... Viele Jahre später traf ich sie zufällig wieder: Sie war gerade geschieden, allein mit ihrem Kind und weiter auf der Suche ...

Ich verließ erneut Jakarta und zog nach Bali. Auch dort gab es einen *Jaya Pub*, wo ich arbeiten konnte. Ich war ziemlich lange depressiv, weil Rosy mich verlassen hatte. Ich fühlte mich so einsam in dieser Welt, wo allein Arbeit und Geld zählten. Eines Abends traf ich Ben, einen Engländer, der als Finanzberater ab und zu in Indonesien zu tun hatte, aber daheim Frau und Kinder hatte. Nach einer langen Zeit war er der erste Mensch, dem ich wieder vertraute. Er war bereits 44, sehr erfahren und konnte so gut zuhören. Und er war ehrlich – ich wußte vom ersten Tag an, daß er verheiratet war.

Er war der einzige Mensch, mit dem ich wirklich über alles reden konnte – sogar über meine Gefühle gegenüber Frauen. Als wir auch anfingen, Sex zusammen zu haben, war dies nicht entscheidend für mich. Ich wußte, daß ich mich nach anderem sehnte, aber er war zärtlich und einfühlsam. Mehr als ein Jahr trafen wir uns regelmäßig, wenn er auf Bali war. Dann hörte ich plötzlich nichts mehr von ihm. Mit allem Mut rief ich ihn in England an. Als ich ihn endlich am Hörer hatte, sagte er mir, daß er eine neue Arbeit habe und nicht mehr nach Indonesien kommen werde. Ich weinte, weil ich einen echten Freund verloren hatte ...

Erneut konzentrierte ich mich auf meinen Gesang. Singen bedeutete mir alles – ich konnte mein Innerstes zeigen, selbst dann, wenn die Texte von einer anderen Liebe sprachen als von jener, nach der ich mich sehnte. Als ich 30 war, wurde ich zu einem Gesangsfestival im nationalen Fernsehen eingeladen. Ich kam auf Platz drei, gewann einen Fernseher und wurde zu einem anderen Fernsehwettstreit eingeladen. Wieder gewann ich einen Fernseher und erhielt eine Einladung zur Endausscheidung, was ein ziemliches Spektakel in Indonesien ist. Nur die besten Sängerinnen und Sänger des ganzen Landes werden dafür nominiert. Ich kam nicht auf einen der ersten Plätze, aber alle hatten meinen Auftritt im Fernsehen verfolgt. Zum dritten Mal gewann ich eine komplette Fernsehanlage. Weil ich sowieso schon lange einen eigenen Fernseher gehabt hatte, gab ich ein Gerät der früheren Leiterin meines Studentenwohnheims, einen anderen meinem Bruder Frans und den dritten meiner Mutter.

Einige Monate später besuchte eine junge Frau aus Belgien regelmäßig meine Show. Ich wußte, daß sie für Touristen aus den Beneluxländern zuständig war. Wir begannen, einander wahrzunehmen. Nach einer Weile kam sie auf mich zu und stellte sich vor. Sie hieß Corinne. Ein paar Tage später hatte ich einen fröhlichen Einfall und fragte sie: „Hast du Lust, Schach zu spielen?“ Es war so lange her, daß ich zuletzt mit meinen Brüdern gespielt hatte. Sie kam auf mein Zimmer, und wir begannen, Schach zu spielen. Die erste Runde gewann ich, die zweite und auch die dritte.

Während des Spielens sprachen wir nicht viel, beobachteten einander nur. Ich spürte, wie eine erotische Spannung wuchs. Wir unterbrachen das Spiel, und ich fragte sie: „Magst du Männer oder Frauen, Corinne?“ Sie zögerte. Dann antwortete sie: „Das hängt davon ab ...“ Ich lächelte und fragte nicht weiter. Wir begannen, uns zu küssen. Mir wurde klar, daß ich die erste wirkliche Geliebte ihres Lebens war ...

Leider begannen auch Corinne und ich, unsere Liebe nach außen perfekt zu tarnen. Irgendwie wollte ich das nicht mehr. Ich wollte ich selbst sein. Einige Monate später traf ich Ita, eine Frau aus einer molukkischen Familie, die in Holland geboren und geblieben war und jetzt im Urlaub auf Bali zusammen mit ihrem Bruder und ihrer Schwägerin war.

Als ich Ita sah, fühlte ich einen besonderen Zauber vom ersten Moment. Ich erinnerte mich, daß ich 14 war, als ein alter Mann meiner Schwester gesagt hatte: „Mary wird ihr Leben verbringen mit einem molukkischen Menschen, aber dieser Mensch ist jetzt weit weg." Er sagte nicht, ob es ein Mann oder eine Frau sein würde. Seit ich Ita kenne, geht mir dieser Satz nicht mehr aus dem Sinn. Ich vergesse ihn nie. Außer diesem Zauber verkörpert Ita noch etwas, von dem ich bis dahin nur geträumt hatte: Sie zeigt sich als selbstbewußte Lesbe.

Trotzdem begann nun eine Zeit großer Konflikte, denn ich war gleichzeitig verliebt in Corinne und in Ita. Ich liebte jede der beiden Frauen auf ihre je eigene Art, aber konnte lange keine Entscheidung fällen. Ich war beiden gegenüber ehrlich, aber auch das half nichts.

Ich war traurig, als ich schließlich Corinne verließ. Doch gleichzeitig fühlte ich: Ich muß für mein Leben kämpfen! Ich muß ich selber sein. Wenn ich mich weiter verstecke, werde ich krank. Und Ita unterstützte mich liebevoll in den ersten Schritten ... Nach einem Jahr entschloß ich mich, mit der Frau zusammenzuleben, die ich liebe und bei der ich gleichzeitig ich selber sein kann – zusammen mit Ita. Ich beendete meine Karriere als Sängerin in Indonesien und ging mit Ita in die Niederlande.

Bis heute weiß meine Familie nichts von meinem neuen Leben als offene Lesbe. Ich muß noch viel lernen, ich muß noch wachsen. Der wichtigste Mensch daheim ist und bleibt meine Mutter. Bevor ich Indonesien verließ, habe ich ihr von meinem gesparten Geld als Sängerin ein eigenes Haus auf Java bauen lassen, wo sie immer am liebsten hatte leben wollen. Sie ist sehr stolz auf mich deswegen.

Als Amos, einer meiner jüngeren Brüder, der Familie mitteilte, daß er schwul ist, bekam er nur kalte und abweisende Reaktionen: „Warum findest du nicht das richtige Mädchen? Du mußt Kinder machen! Oder bist du kein richtiger Mann? Bist du ein *bencong* – eine Tunte?"

Ich fühle mich noch nicht stark genug, um so etwas zu ertragen. Aber ich spüre, daß ich stärker werde durch meine Liebe zu Ita und meine zunehmende Selbstachtung. Ich bin sogar schon im hiesigen Lesben- und Schwulenzentrum als Sängerin aufgetreten. Ich sang über unsere Liebe – und meinen Zauber: Ita!

Saïd B.

Mein Zuhause ist noch immer Iran

Saïd (17) als Schüler in Teheran.

Saïd heute.

Mein Vater war früher ein ziemlich strenger Mann. Wenn er fand, daß einer meiner drei älteren Brüder nicht ausreichend lernte, dann gab es Prügel. Kurz nach meiner Geburt sagte meine Mutter: „Wenn du Saïd auch nur einmal anrührst, werde ich dich verlassen!" Mein Name Saïd bedeutet „Freude". Mein Vater schlug mich kein einziges Mal.

Trotzdem mochte ich ihn als Kind überhaupt nicht. Ich hatte einfach keine Achtung vor ihm. Oder schlimmer noch: Ich schämte mich für ihn. Vater ist ein Mullah, ein schiitischer Priester, und in den Zeiten vor der Revolution betrachteten viele Leute die Mullahs als reine Parasiten. Wenn er mich zur Privatschule brachte, verleugnete ich ihn lange. Fragten mich Mitschüler nach ihm, antwortete ich: „Er ist mein Chauffeur!"

Völlig anders war es mit meiner Mutter. Ich liebte und bewunderte sie, so lange ich denken kann. Obwohl sie körperlich nicht besonders kräftig war, hatte sie eine starke und Offenheit ausstrahlende Persönlichkeit. Sie kam aus der reichen Oberklasse und wuchs auf in einem Zuhause, das einem Schloß glich. Ihr Vater war ein einflußreicher Ayatollah, sehr intelligent und liberal, der zwei Frauen hatte und seine Tochter immer als Prinzessin betrachtete.

Wir kannten keine Armut. Unsere Villa befand sich in einem gepflegten Viertel Teherans. Es gab immer genügend zu essen und zu trinken, im Haus waren viele Bücher in mehreren Sprachen und unterschiedliche Kunstgegenstände. Trotzdem war es nicht so ein Luxus wie in Großvaters Schloß.

Vater besuchte die Mitglieder seiner Gemeinde in der ganzen Stadt. Er betete mit ihnen und beriet sie in allen Schwierigkeiten des Lebens. Bei uns daheim war es Mutter, die die Probleme löste. Sie verschaffte ihm Ruhe, wenn er müde von der Arbeit kam, sie wusch und kochte für uns und sorgte in jeder Hinsicht für die ganze Familie.

In der Schule hatte ich niemals Freunde, niemals. Die meisten meiner Mitschüler sahen auf mich herab, als sie einmal herausbekommen hatten, was Vaters Beruf war. Ich war ein einsames Kind, das zu Hause immer artig war. Nach der Schule las ich stundenlang. Die Welt der Bücher war mein Zuhause. Durch meine Eltern und Brüder bekam ich Zugang zur gesamten Weltliteratur. Ich las den Koran so wie die Bibel. Im Alter von elf begann ich, Brecht und Camus zu lesen, die großen Eindruck auf mich machten. Lesen verlieh mir eine besondere Kraft, es öffnete mein Verstehen für andere Perspektiven. Ich war noch sehr jung, als ich einmal dachte: Wie verschieden man diese Welt doch anschauen kann!

Je mehr ich die Religionen studierte, desto mehr entwickelte ich eine intensive Beziehung zu Gott, der im schiitischen Verständnis des Islam nicht Allah heißt, sondern Godda, was wörtlich bedeutet: „Gott sei in mir!“ – oder noch deutlicher: „Sei du selbst!“

Die erste erotische Anziehung zu einem anderen Menschen entdeckte ich, als ich zwölf war. Eines Tages brachte mein älterer Bruder einen seiner Freunde mit nach Hause. Er hieß Amir und war höchstens 15 oder 16. Als ich ihn sah, traf es mich wie ein Blitz: Wie männlich und schön er war! Und auch: Wie anders! Er schaute zurück und grüßte mich ab dann immer, wenn er kam. Gleichzeitig merkte ich, daß er ziemliche Probleme hatte. Er stand öfter unter Drogen, manchmal so sehr, daß man es gleich in seinen Augen sehen konnte. Er war dann gar nicht richtig anwesend, aber erkannte mich immer noch.

Ich begann, für ihn zu beten. Ich sandte ihm all meine Energien. Ich wollte ihn gerne haben, ohne eine Idee, was dies bedeuten könnte. Wir sprachen kaum miteinander. Niemals berührten wir einander oder hatten gar irgendwelche Form von Sex. Es war einfach reinste Liebe, wie sie vielleicht nur einmal im Leben geschehen kann.

Ungefähr ein Jahr später hatte ich meinen ersten Samenerguß. Es geschah auf der Toilette. Irgendwie träumte ich so vor mich hin und dachte dabei an eine Cousine von mir. Sie war am gleichen Tag wie ich geboren, und auf eine besondere Art hatte ich mich ihr immer verbunden gefühlt. In meiner Phantasie waren wir in einer kleinen Höhle zusammen eingesperrt und lagen völlig nackt dicht aneinandergepreßt zusammen. Als ich mein Glied nur berührte, schoß schon der Samen hervor. Ich rannte sofort zu einem meiner Brüder, sehr stolz, sehr glücklich, und rief: „Vahid, sieh mal – ich bin ein Mann!" Vahid lief zu meinen anderen Brüdern, und alle gratulierten mir.

Obwohl diese Phantasie überhaupt nicht schwul gewesen war, spürte ich, daß es sich hier um eine Ausnahme gehandelt hatte. Wenig später traf ich mich öfter mit einem meiner Cousins. Immer wieder berichtete er mir von zwei Jungs in seiner Nachbarschaft, die angeblich Sex zusammen hatten. Ich fühlte, wie neugierig er war. Genau wie ich. Eines Tages schlug ich ihm vor: „Warum versuchen wir's nicht mal?" Er stimmte sofort zu, wir zogen uns aus und begannen, mit unseren nackten Körpern zu spielen.

Das hatte nichts mit Liebe zu tun. Es ging mehr darum, meinen Körper besser verstehen zu lernen und alles, was mit sexuellen Gefühlen zu tun hat. Von uns beiden hatte nur mein Cousin Angst davor, schwul zu werden. Er erklärte mir: „Saïd, wenn wir ficken, darf das nur ganz kurz sein. Wir könnten sonst schwul werden, und du weißt, was das bedeutet, nicht?" Damals hatte ich keine Angst. Es tat mir leid, daß er immer aufhörte, wenn's richtig toll wurde. Ich fing an, Männern hinterherzuschauen, die etwas älter waren und vielleicht mehr über das alles wußten. Ab 14 hatte ich immer mal wieder Sex mit anderen Männern, aber es war niemals besonders lange oder tiefgehend. Ich sprach mit niemandem darüber.

In eine wirkliche Krise stürzte mich die schwere Krankheit jener Cousine, mit der ich am gleichen Tag geboren war. Ich mochte sie einfach sehr und betete Tag und Nacht zu Godda für ihre Gesundheit. Aber ihr Zustand wurde schlechter und schlechter. Mit 17 Jahren starb sie. Am Tag, als ich es von meinen Eltern erfuhr, rannte ich auf das Dach unseres Hauses und schrie zu Godda: „Wie konntest du das geschehen lassen?

Sie war doch so jung und unschuldig!" Bis zu diesem Tag war ich überzeugt gewesen, daß mein Glaube ihr würde helfen können. Nun war ich verletzt und voller Zorn. Ich wollte nicht mehr an Godda glauben. Mit Tränen in den Augen rief ich: „Wenn du mir nicht die Kraft zum Helfen gibst, werde ich von heute an ein Teufel sein!"

Ein Teufel zu werden bedeutete für mich nicht, das Leben eines Verbrechers zu beginnen. Es war einfach eine andere Art zu glauben: Der Teufel gab uns die Frucht, mit der er unsere Augen öffnete – und wir sahen, daß wir nackt sind. Der Teufel gab uns das Wissen über uns, über unseren Körper. Gott wollte uns dumm halten. Er vermittelte keine Ermutigung, zu fragen und zu verstehen. Ich wollte verstehen.

Ich weiß, daß Männer zu lieben eine tiefe Sünde im Islam bedeutet. Von nun an begann ich, meine Bestimmung bewußt zu akzeptieren. Okay, dachte ich zornig, dann bin ich ein Teufel. Ich möchte Männer lieben!

Zur gleichen Zeit geriet alles um mich herum in Bewegung. Die gesamte iranische Gesellschaft fing an zu vibrieren. Beinahe jeden Tag gab es Demonstrationen auf den Straßen gegen den korrupten Schah Reza Pahlewi und seine Familie. Durch Mir, einen anderen älteren Bruder, hörte ich viel. Er wurde aktives Mitglied der kommunistischen Partei. Durch seinen Beruf als Filmregisseur hatte er verschiedene politische Kontakte.

Von einem Tag auf den anderen nahm ich ebenfalls teil an allen möglichen Demonstrationen und politischen Versammlungen. Fast jeder war gegen den Schah, beinahe jeder liebte Khomeini. Als ich zum ersten Mal Photos von ihm sah und Reden von ihm las, dachte ich: Er ist ein richtiger Vater. Er sorgt sich um sein Volk. Er ist ein Demokrat! Wie Tausende anderer hoffte ich auf seine Rückkehr aus seinem französischen Exil. Der einzige Mensch, der zögernd und zuweilen gar kritisch auf ihn reagierte, war mein Vater. „Ich kenne die Mullahs!" sagte er einmal. Ich hörte nicht mal hin.

Dieses Jahr des Umbruchs in Iran – vom Sommer 1978 bis zum Sommer 1979 – war einfach ein wunderschöner Traum. Ich veränderte mich vom schüchternen und verträumten Jungen zu einem jungen Mann, der sich mit eigenen Ansichten an allen möglichen öffentlichen politischen Diskussionen beteiligte. Aufgrund meiner Kenntnis internationaler Literatur und aller Arten philosophischer Theorien saß ich oft mit wesentlich älteren Männern zusammen, argumentierte mit ihnen, tauschte Ideen und Ideale aus – und um uns herum große Gruppen von Passanten, die stehenblieben und zuhörten. In jenen herrlichen Tagen war alles möglich, alle nur vorstellbaren Parteien wurden gegründet: die islamischen Sozialisten, die Existentialisten, die islamischen Liberalen und so weiter. Ich war immer pro Islam, aber niemals fanatisch.

Dann kam das neue Regime an die Macht. Khomeini und seine Ayatollahs verdammten alles, was demokratisch war. Das einzige Gesetz war ihre Interpretation des Koran. Es mußte eine Weile vergehen, bevor ich begriff, wie brutal ihre Interpretation war.

Ich war noch immer 17, als ich eines Abends einem Mann auf der Straße begegnete, der mich fragte: „Wissen Sie, wie ich zur 6. Straße komme?" Ich war auf dem Weg zu einer Geburtstagsparty. Kurz erklärte ich ihm den Weg. Während ich das tat, spürte ich eine ungewöhnliche Anziehung. Er war etwas älter als ich, ungefähr 25, sehr männlich und offensichtlich nicht unerfahren. Wir schauten einander an, und plötzlich fragte er: „Warum kommst du nicht auf einen Drink mit zu mir?"

Noch nie hatte ich bis dahin Alkohol in meinem Leben getrunken. Meine Eltern wußten, daß ich zu jener Party unterwegs war. Innerhalb einer Sekunde änderte ich meine Pläne und entgegnete: „Ich komme mit dir, aber ich muß um elf Uhr zu Hause sein!" Er hielt ein Taxi an, mit dem wir zu ihm fuhren. Unterwegs erzählte er eine Menge lustiger Sachen, und wir lachten wie verrückt. Als das Taxi stoppte, wußte ich, daß er David hieß und daß ihm seine Eltern ein Haus gekauft hatten, in dem er mit zwei christlichen armenischen Frauen wohnte.

Als wir in das Haus kamen, stellte er mich den beiden vor, während er mich im Arm hielt – und zu meiner Überraschung schienen ihn die beiden Frauen zu respektieren. Sie waren weder schockiert, noch gaben sie irgendwelche Kommentare ab wegen seines unübersehbaren schwulen Verhaltens. Mir war klar, daß ich eine völlig neue Welt betreten hatte – eine neue Dimension! Zum ersten Mal vergaß ich meine

Rolle als netter, intellektueller Junge. Plötzlich war ich nicht mehr der kleine, ruhige Engel, als den meine Eltern und alle anderen Mitglieder unserer Familie mich kannten.

Nachdem ich den ersten Wodka meines Lebens getrunken hatte, fragte ich David: „Soll ich für dich tanzen?“ Er lächelte und nickte. Dann begann ich, zu tanzen und mich langsam für ihn auszuziehen. Mehr und mehr geriet ich in eine Stimmung völliger Ekstase. Alles scheint möglich, wenn du bereit dafür bist. Ich vergaß die Zeit und alles andere. Noch nie hatte ich Sex so gefühlsmäßig und tief genießen können. Spät in der Nacht bat ich ihn: „David, wir müssen Iran verlassen. Bitte, laß uns nach Europa gehen!“

Schon so viele Bücher hatte ich über europäische Länder gelesen, wobei mich am meisten die skandinavischen Länder und die Niederlande fasziniert hatten wegen ihrer liberalen politischen Systeme. Stunden sprachen wir über alles, kamen dabei auf die verrücktesten Ideen. Einmal sagte ich zu ihm: „Besorge mir Gift, damit ich meine gesamte Familie umbringen kann. Wenn sie jemals die Wahrheit über mich herausfinden, dann bedeutet dies eine Katastrophe für uns alle. Der einzige Weg, sie vor Schande und Verfolgung zu bewahren, ist, sie zu ermorden ...“ Bevor wir uns schlafen legten, versuchte David, meine aufkommende Panik zu zerstreuen: „Ganz ruhig, Saïd. Mach dir nicht solche Sorgen. Wir werden weggehen, hab keine Angst ...“

Wir schliefen lange am nächsten Tag und liebten uns erneut, bevor die beiden Frauen uns das Frühstück bereiteten. Nur langsam kehrte ich in die Realität zurück. Ich hatte den Himmel der Liebe betreten, was immer nun geschehen würde.

Als ich schließlich meine Eltern gegen Mittag um halb eins anrief, war mir sofort klar, was sich währenddessen daheim abgespielt hatte. Meine Eltern waren überzeugt, daß mir etwas Schreckliches zugestoßen sein mußte. Niemals war ich von zu Hause weggeblieben, noch nie war ich auch nur zu spät gekommen. In der Nacht noch hatten sie nicht nur die Polizei alarmiert, sondern auch alle meine Brüder zu allen Krankenhäusern und Leichenhallen der Stadt geschickt, um mich zu suchen. Als ich das Haus betrat, war die ganze Familie im Wohnzimmer versammelt und starrte mich an.

Was sollte ich nur sagen? Ich fühlte, daß jedem klar war, daß etwas Außergewöhnliches passiert sein mußte. Vielleicht spürten zumindest Mutter und meine Brüder, daß ich womöglich den ersten Sex meines Lebens erlebt hatte. Dann begann ich, ihnen die folgende Geschichte aufzutischen: „Die Nacht habe ich mit einer Frau verbracht! Sie ist 36 und hat mich alles über die Liebe gelehrt!“ Ich schaute in ihre Gesichter. Die Gesichter meiner Brüder entspannten sich zu einem breiten Grinsen. Mutter behielt ihren skeptischen Blick. Sie merkte, daß da noch etwas anderes war, konnte aber nicht herausfinden, was.

Drei Tage später teilte ich mit, daß ich einen Onkel besuchen würde, der außerhalb Teherans wohnte. Meine Eltern wußten, daß dieser Onkel mir eine Arbeit angeboten hatte. Doch Mutter mißtraute mir vom ersten Moment an. „Geh nicht jetzt zu ihm, Saïd!“ sagte sie. Zum ersten Mal reagierte ich schroff: „Ich gehe dahin, wo ich will!“ Dann verließ ich das Haus. Ich hatte keine Ahnung, daß Mutter einen meiner Brüder, der immer mit Freunden von den neuen sogenannten „Revolutionskomitees“ herumhing, gebeten hatte: „Folge ihm und jage ihm einen Schrecken ein, wenn er wieder zu dieser Frau geht!“

Ich dagegen lief auf schnellstem Weg zu David. Keine Minute hatte ich länger warten können, bei ihm zu sein. Ich war so froh, ihn endlich wiederzusehen. Wenig später erklärte ich ihm, daß ich nun weiter müsse zu jenem Onkel, weil sonst meine Familie Verdacht schöpfen würde. Ich wußte nicht, daß schon alles zu spät war. David wollte mich noch bis zur Busstation begleiten.

In dem Augenblick, in dem ich das Haus verließ, sah ich meinen Bruder auf der gegenüberliegenden Straßenseite stehen, die in eine Art Passage mündete. Gemeinsam mit vier Soldaten stand er dort und starrte uns an. Im gleichen Moment war mir alles klar. „Lauf, David, schnell, lauf um dein Leben!“ rief ich ihm zu. Dann rannte ich selbst, so schnell ich konnte, in die entgegengesetzte Richtung. Dabei passierte mir ein dummer Fehler, indem ich in eine Sackgasse lief. Sie packten mich und schleppten mich direkt vor ihr Komitee.

Ich hatte entsetzliche Angst, was nun geschehen würde. Offensichtlich hatte David entkommen können. Erneut erzählte ich die Geschichte von der älteren Frau, aber ich spürte, daß sie mir kein Wort glaubten. Sie durchsuchten Davids Haus und fanden glücklicherweise nur einen Rest vom Wodka und wenige Pornohefte, die aber Frauen und Männer zeigten. Zu mir sagten die Soldaten: „Schreib alles ehrlich auf, Saïd, was dir passiert ist! Wenn nicht, werden wir dich zu einem Arzt bringen, der doch alles herausfinden wird!" Mein Bruder nickte mir zu. Ich bin überzeugt, daß er sich im Begriff fühlte, meine Seele zu retten oder mein Leben oder wer weiß, was sonst noch.

Ihre Drohung mit dem Arzt hatte mich eingeschüchtert. Schließlich schrieb ich: „In jener Nacht war ich völlig betrunken und kann mich beim besten Willen nicht mehr erinnern, was danach geschah. Aber es ist möglich, daß ich Sex mit jenem Mann hatte." Zu meiner Überraschung ließen sie mich laufen. Mein Bruder meinte zu mir: „Saïd, was immer geschieht: Ich bin dein Bruder und werde dich immer lieben. Nichts kann das ändern!" Kurz nachdem ich nach Hause gekommen war, ging ich auf mein Zimmer und nahm 60 *Aspirin*-Tabletten.

Man fand mich rechtzeitig und brachte mich ins Krankenhaus. Der gleiche Bruder sagte zu mir: „Saïd, warum hast du das nur getan? Selbst wenn du wirklich Sex mit dem Mann gehabt haben solltest, wird dir nichts geschehen. Laß uns jetzt in jedem Fall erst mal zu einem Psychiater gehen, einverstanden?"

Ich fühlte mich schwach und verzweifelt, aber entgegnete, so klar ich konnte: „Nein, ich werde niemals zu so einem Doktor gehen. Ich bin nicht krank – und es ist vorbei jetzt!"

Kurz darauf gelang es mir, David heimlich auf seiner Arbeit anzurufen. Wir konnten nicht wirklich sprechen. So sagte ich nur: „David, geh nicht mehr nach Hause. Sie werden dich verhaften!" David folgte meinem Rat und tauchte eine Weile unter.

Einige Wochen später, im Frühling 1980, schickten mich meine Eltern zusammen mit einem anderen Cousin in die Ferien ans Kaspische Meer. Obwohl ich auch dort Sex mit einigen der Jungen hatte, konnte ich mich überhaupt nicht entspannen. Ich machte mir solche Sorgen um David. Irgendwie hatte ich eine düstere Ahnung in mir, daß bei meiner Rückkehr nach Teheran etwas Furchtbares geschehen würde. Leider sollte ich nur allzu sehr recht behalten.

Das erste, was Mutter nach meiner Ankunft sagte, war: „Jemand von der Inquisition hat für dich angerufen, Saïd. Sie wollen mit dir reden!"

Die Inquisition war in einem palastartigen Gebäude im Zentrum der Stadt untergebracht. Als ich das Haus betrat, sah ich eine Frau die große Treppe herunterkommen, die ihren Schleier unordentlich trug, mich brutal anstarrte und dabei auf einem Kaugummi herumschmatzte. Mir war zu Ohren gekommen, daß das neue Regime Prostituierte eingestellt hatte, um andere Frauen zu foltern.

In diesem Palast traf ich auf die grausamsten Männer und Frauen, die mir je in meinem Leben begegnet sind. Am Anfang redeten sie tatsächlich nur mit mir. Sie wollten mehr über Homosexualität im allgemeinen wissen, und manchmal gab es beinahe philosophische Momente während des Verhörs. Gleichzeitig hörte ich durch die geschlossene Tür die Schmerzensschreie von Menschen, die geschlagen und gefoltert wurden. Drei Wochen lang mußte ich zu diesen Verhören, durfte danach aber jeweils immer wieder nach Hause. An einem Tag wurde mir mitgeteilt, daß David verhaftet und in einer anderen Zelle in diesem Gebäude eingesperrt sei. Aber wir erhielten keine Möglichkeit, uns sehen zu können.

Endlich fragte mich einer der Mullahs direkt: „Gibst du deine Sünden zu?" Ich antwortete: „Ja, es geschah. Bitte vergebt mir!" Der Mullah sagte ohne jede Regung: „80 Schläge mit der Peitsche!"

Mein Herz war noch nie besonders stark. Aber ich nahm mir fest vor, nicht zu schreien oder ein sonstiges Zeichen von Schwäche zu zeigen. Ich mußte mich auf eine eiserne Bank legen. Dann begann einer, auf meinen Rücken zu schlagen. Ich erinnere, daß ich keine Luft mehr bekam nach dem ersten Hieb. Ein unglaublicher Schmerz schoß durch den ganzen Körper. Ich weiß nur noch, daß ich nach dem vierundzwanzigsten Schlag das Bewußtsein verlor.

Stunden später griffen mich starke Arme, zerrten mich nach draußen und warfen mich irgendwo auf die Erde. Später wurde ich gemeinsam mit anderen Gefangenen vor ein riesiges Tor gebracht. Hinter dem Tor warteten Familienangehörige der Gefangenen. Als endlich das Tor geöffnet wurde, hörte ich Menschen bei meinem Anblick flüstern: „O Gott, er ist doch noch so jung ... Was haben sie nur mit ihm gemacht?"

Meine drei älteren Brüder waren alle erschienen, um mich abzuholen. Auf schnellstem Wege brachten sie mich nach Hause. Alle waren erschrocken, als sie mich sahen, am meisten Vater. Außer sich vor Wut stieß er hervor: „Niemals habe ich ihn auch nur angerührt! Wie konnten sie es wagen, ihn anzufassen?“ Er machte Mutter Vorwürfe, daß sie sein Gewehr beim Komitee abgegeben hatte, wie es Vorschrift war. „Wenn ich jetzt mein Gewehr hätte, würde ich jeden von ihnen umbringen!“ rief er. Ich sah Tränen in seinen Augen.

Ich selbst war völlig außer mir. Ich zitterte und heulte die ganze Zeit und konnte nicht still sitzen. „Bitte, Vater, hilf mir. Sie werden kommen und mich wieder holen. Bitte, hilf mir, bitte!“ flehte ich.

Kurz darauf riefen sie tatsächlich an und sagten, daß ich wieder erscheinen müsse, weil ich bisher nur 25 von den 80 Schlägen Strafe erhalten hätte. Vater bemühte sich um eine ruhige Stimme: „Saïd kann nicht kommen. Er ist noch immer im Krankenhaus!“

Ich fiel Vater um den Hals. Ich küßte ihn. Die Tränen liefen mir über das Gesicht, und wieder begann das entsetzliche Zittern. „Bitte, verhindere, daß sie mich umbringen, Vater!“ Mein ganzer Stolz war zerstört, nichts von meiner Intelligenz war übriggeblieben.

Der Bruder, der mich bei David gepackt hatte, meinte: „Mach dir mal nicht zuviel Sorgen, Vater! Er hat eine Sünde begangen, und es ist gut jetzt für ihn!“ Aber Vater war auf meiner Seite. Noch nie hatte ich so deutlich gefühlt, daß er alles tun würde, um mich zu schützen. Dieser Bruder übrigens wurde drei Monate später selbst verhaftet, weil er noch immer Kommunist war.

Mir ist bis heute nicht klar, warum ich nicht erneut aufgefordert wurde, zu der Bestrafung zu erscheinen. Vielleicht weil ich unmittelbar nach meinem 18 Geburtstag zum Militärdienst mußte – in den Krieg gegen Irak. Bevor ich aufbrach, sagte einer der regierenden Mullahs zu mir: „Du solltest froh sein, daß du noch nicht 18 warst, als wir dich verurteilten. Weißt du, was sonst mit dir geschehen wäre?“ Ich entgegnete nur: „Ja, ich weiß ...“ Männer, die mit anderen Männern Sex hatten und dabei erwischt wurden, mußten damit rechnen, daß ihnen beide Hände abgeschlagen würden und man sie von einem Berg stürzte. David, David, David ...

Nach einer kurzen Grundausbildung mußte ich beinahe neun Monate an die Front. Wofür? Warum? Während meiner Militärzeit war ich der

Hölle oft so nah. Nicht nur wegen des Krieges, sondern auch wegen aller möglichen Grausamkeiten von vorgesetzten Offizieren. Ohne die Unterstützung einiger guter Kameraden, darunter auch einige andere Schwule, hätte ich all das nicht überlebt. Einmal wurde ich vergewaltigt von einem Colonel, der mich zuvor mit den Worten begrüßt hatte: „Wenn du dich hier jemals als Tunte aufführst, werde ich dich mit meinen eigenen Händen umbringen!“ Zum zweiten Mal versuchte ich danach, mir das Leben zu nehmen, indem ich mir die Pulsadern aufschnitt.

Als ich wenig später ein paar Tage frei hatte, erzählte ich Vater ehrlich von allen Erlebnissen in der Armee. Seit ich von der Prügelstrafe nach Hause gekommen war, hatte sich Vater verändert. Ohne Zögern sagte er nach meinem Bericht: „Saïd, ich werde dir helfen ...!“

Er bezahlte viel Geld dafür, daß ich mich einer kleinen Gruppe politischer Gefangener anschließen konnte, die versuchte, mit einem Schmuggler über die Berge in die Türkei zu entkommen. Drei Monate kämpften wir – drei junge Männer und ein älterer – gegen Hunger, Schnee, Schmutz und Krankheiten.

Als ich endlich Istanbul erreichte, konnte ich keinerlei weitere Unterstützung finden. Beim UNHCR, der UN-Organisation für Flüchtlinge, ließ man uns wissen, daß man nicht zuständig sei. Bei fast allen Botschaften und Konsulaten in Istanbul bat ich um Hilfe und wurde abgewiesen: In die Botschaft der USA kam man gar nicht erst hinein; in der griechischen Botschaft wurde mein Paß auf die Erde geworfen mit den Worten: „Was willst du überhaupt? Die meisten Iraner sind doch nur Terroristen!“

Es ist eine andere Geschichte, wie es mir schließlich doch gelang, aus der Türkei herauszukommen. Ich hatte schon verrückte Pläne vorbereitet, um nach Ost-Berlin zu fahren und dort am berühmten S-Bahnhof Friedrichstraße illegal nach West-Berlin zu gehen. Doch erneut kam finanzielle Hilfe von Vater. Dadurch konnte ich ein gefälschtes Visum für Kanada und ein Flugticket kaufen. Einige Wochen später saß ich in einem anderen Land erneut fest, weil mein Antrag auf politisches Asyl abgelehnt worden war. Nur wenige Tage, bevor ich zurückgeschickt werden sollte nach Iran, geschah etwas Schreckliches, das mir das Leben rettete: Die westdeutsche Regierung hatte gerade die Asylanträge von 57 Iranern abgelehnt und sie nach Istanbul zurückgeschickt. Die türkische Regierung hatte sie sofort weiter über die Grenze zu Iran abgeschoben. Dort waren alle noch am gleichen Tag umgebracht worden. Mit Hilfe einer Flüchtlingsorganisation konnte ich wenig später das Gefängnis verlassen ...

Heute lebe ich in einem wiederum anderen Land weit weg von meinen Eltern und dem größten Teil meiner Familie. Nur noch einem weiteren Bruder gelang bisher ebenfalls die Flucht. Ich kann diesen Bericht nicht unter meinem vollen Namen veröffentlichen, weil dies Gefahren für jene verursachen könnte, die noch immer in Teheran leben.

Ilana Elimelech

Ein langer Weg zu mir selbst in Israel

Ilana (18) als Soldatin der israelischen Armee.

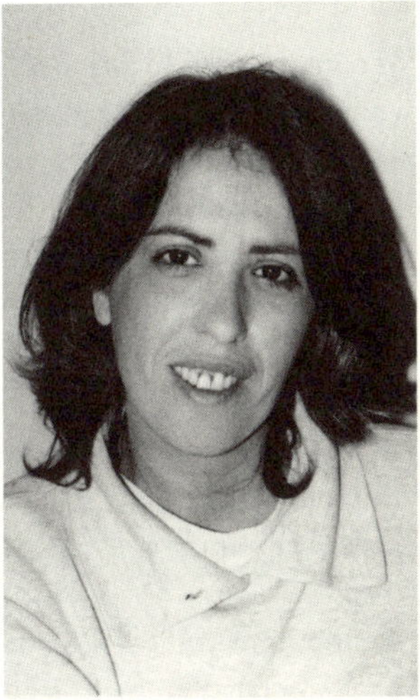

Ilana heute.

Wer meine Geschichte liest, denkt vielleicht: Du lieber Gott, wie schwierig war dieses Mädchen, wie kompliziert und impulsiv ...! Heute weiß ich, daß das nicht so ist. Lesbisch zu sein ist herrlich normal für mich, weil es das ist, was ich bin. Alle Dramen jedoch, alle Probleme, alle Anstrengungen auf meinem langen und beschwerlichen Weg des Coming-out waren allein deshalb nötig, weil ich es erstens lange nicht wußte und zweitens, als ich es begriff, zu Tode erschrocken war. Dieses Nichtwissen anfangs und das Leben mit Lügen – das war das Problem. Ich hoffe, daß junge Menschen, egal welcher sexuellen Orientierung, ermutigt werden durch meine Geschichte, ehrlich zu sein sich selbst gegenüber – und zu den Menschen um sie herum ...

Meine Eltern verließen die nordafrikanische Hafenstadt Casablanca 1947. Vater hatte einen Schuhladen dort gehabt, aber sein größter Wunsch war immer gewesen, im Land seiner jüdischen Vorväter – im Lande Zions – zu leben, das zu dieser Zeit noch Palästina hieß und unter britischer Verwaltung stand. Es war unmöglich, direkt von Marokko nach Palästina zu gelangen. So nahmen meine Eltern zuerst ein Fährschiff nach Südfrankreich. Gemeinsam mit Juden aus aller Welt wurden sie in Marseille in ein Lager für *„displaced persons“* gesteckt. In diesem Flüchtlingslager wurde mein ältester Bruder geboren. Vater war 23, und Mutter gerade 16.

Irgendwie schafften sie es, mit einer Gruppe anderer Juden sich weiter nach Palästina durchzuschlagen. Sie fanden ein kleines Haus im neuen Zentrum von Jerusalem. Vater begann, wieder als Schuster zu arbeiten. Weil er in Jerusalem keine Arbeit hatte finden können, fuhr er jeden Tag mit dem Bus nach Tel Aviv, was ein tägliches Abenteuer war angesichts der andauernden Kämpfe für die Unabhängigkeit des jüdischen Staates Israel.

Als ich sieben Jahre später geboren wurde, hatte ich bereits drei ältere Brüder. Meine ersten Kindheitserinnerungen sind von vielen Streitereien zwischen meinen Eltern überschattet. Später erfuhr ich, daß Mutter nicht in Vater verliebt war, als sie ihn geheiratet hatte. Es war vor allem geschehen, weil ihre eigene Mutter sie gedrängt und immer wieder auf sie eingeredet hatte: „Bist du denn dumm? Er ist eine gute Partie! Du solltest dankbar sein!" Aber Mutter war schon immer romantisch und träumte zeitlebens von der großen Liebe. Trotzdem – im Lauf der Jahre erfuhr sie, daß Vater ein guter und intelligenter Mann ist, der immer für sie sorgte. Dadurch wurde ihre Beziehung später besser.

1960 zogen wir um in den südlichen Stadtteil von Tel Aviv, wodurch Vater besser zu seiner Arbeit gelangte. Da ich schon sechs Jahre alt war, wurde ich in eine Grundschule in der Nachbarschaft eingeschult. Hier lebten viele Immigranten, überwiegend aschkenasische Juden aus allen Teilen Europas. An einem der nächsten Tage lernte ich hier meine erste Freundin kennen. Sie gehörte zu meiner Klasse, und am ersten Tag kam sie auf mich zu und fragte: „Ilana, möchtest du meine Freundin werden?" Sie hatte wunderschönes blondes, langes Haar, und ohne Zögern antwortete ich: „*Ken* – ja!"

Für acht Jahre blieben wir beste Freundinnen: Wir erfanden unzählige Spiele für uns und andere Kinder auf der Straße. Spielzeug war damals Luxus. In der Schule waren wir beide oft ungezogen, weil wir immer zusammensteckten und jede Menge Streiche ausheckten. Als die Grundschule endete, wurden wir getrennt, weil wir zu verschiedenen Oberschulen mußten. Ihr Name war Chaja, und ihre Familie kam irgendwoher aus Osteuropa, ich glaube Polen oder Rußland.

Chaja war in all den Jahren das beliebteste Mädchen der Klasse – und sie hatte mich zu ihrer besten Freundin gewählt. Es war nie etwas Erotisches zwischen uns gewesen. Es war einfach herrlich, mit ihr zusammenzusein. Gleichzeitig fühlte ich ohne Worte, daß ich anders als die meisten anderen Mädchen war. Als sie begannen, über ihre Freunde zu reden, war ich nicht beteiligt. Durch meine Freundschaft mit Chaja war ich jedoch nie ausgeschlossen. Ich war einfach still, wenn sie anfingen, über Jungen zu kichern. Einmal meinte Mutter zu mir: „Weißt du, es ist einfach normal, zu heiraten und Kinder zu bekommen!" Ich war ungefähr zehn, als ich entgegnete: „Nein, das wird mir nicht so bald passieren!" Ich war eben eigen, fühlte mich jedoch niemals besser oder schlechter als andere Kinder – einfach anders. Übrigens, meine erste geliebte Freundin Chaja ist heute verheiratet, hat vier Kinder und ist Lehrerin in Israel.

Zur neuen Oberschule mußte ich ungefähr 20 Minuten mit dem Bus fahren. Der Wechsel von der Grund- auf die Oberschule war ein ziemliches Problem für mich. Ich fühlte mich schrecklich einsam dort, und alles und jeder war fremd für mich. Meine Zensuren wurden schlechter, und vielleicht hätte ich die Schule verlassen müssen, wenn nicht ... meine wunderbare Lehrerin begonnen hätte, mich auf eine besondere Weise zu unterstützen. Sie war selbst noch sehr jung damals, ungefähr 23, aber sie war und ist eine charismatische Pädagogin und entschied sich, mein Schutzengel zu werden. Sie heißt Ilana wie ich.

Ich war so traurig und verloren anfangs auf der neuen Schule. Sie jedoch zeigte alle nur vorstellbare Geduld, ermutigte mich, wo immer möglich, und verteidigte mich gegenüber anderen Lehrern. Zweifellos führte dies auch zu Eifersucht anderer Schüler und kritischen Kommentaren ihrer Kollegen. Ich erinnere mich, wie die Geschichtslehrerin einmal sagte: „Das geht wirklich zu weit! Ilana beschützt Ilana einfach vor allem!" Aber meine Lehrerin Ilana war eine starke Frau. Sie antwortete nur: „Das ist das, was Ilana zur Zeit braucht!" – und unterstützte mich weiter.

Sie tat dies allein aus pädagogischer Verantwortung. Sie fühlte wahrscheinlich deutlicher als ich selbst, wie sehr ich mit mir rang, und gab mir einfach Sicherheit. Viele Jahre später wurde sie im Land sogar berühmt für ihr Engagement: Sie erhielt den israelischen Nationalpreis für Erziehung aus der Hand unseres Staatspräsidenten Chaim Herzog. In den letzten zwei Jahren unterrichtete sie Pädagogik an der *Sorbonne*-

Universität in Paris. Sie, ihr Mann und ihre Tochter wurden wie eine zweite Familie für mich. Ich war froh, als sie mich vor kurzem auf ihrem Weg von Paris zurück nach Israel besuchte.

Ein Jahr später fand ich meine zweite Freundin – Mirjam! Sie war ein Jahr älter als ich, aber wir waren gleich gut im Sport. Wir waren stolz, beide Mitglieder des nationalen Jugend-Basketballteams zu werden. Unsere Freundschaft war platonisch und doch sehr emotional. Wir konnten zusammen reden und reden und reden – über alles. Eines Tages, nach einem Basketballspiel und bevor wir in unsere unterschiedlichen Klassenräume liefen, rief ich in einem Ausbruch unschuldiger Freude über den Flur unserer Schule: „Mirjam – אני אוהבת אותך – *I love you!*" Unsere Geschichtslehrerin hörte dies und fuhr mit harter Stimme dazwischen: „Wenn ein Arzt euch sähe, würde er denken, daß ihr krank seid!" Mirjam und ich schauten uns irritiert an. Ich rannte sofort in meinen Klassenraum und fragte Ilana vor der ganzen Gruppe: „Wie ist das möglich? Ich rief gerade hinter Mirjam her, daß ich sie liebe, und unsere Geschichtslehrerin nennt uns krank?" Ilana antwortete, daß sie das auch nicht erklären könne. Aber sie versprach, den Vorfall bei der nächsten Konferenz zur Sprache zu bringen. Wir hörten nie mehr etwas davon. Trotzdem wurde die Geschichtslehrerin freundlicher nach dieser Konferenz.

Wenig später begann Mirjam, sich mit einem Jungen zu treffen – Shimon. Das war kein Problem. Ich mochte ihn, und ab jetzt unternahmen wir viel zu dritt. Manchmal übernachteten wir sogar zu dritt bei Mirjam zu Hause. Dann schlief sie meistens mit Shimon in einem Zimmer, und ich allein in einem anderen. In einer Nacht, nachdem sie erst bei Shimon gewesen war, kam sie noch spät in mein Zimmer und legte sich dicht neben mich. Sie begann, mich zu umarmen, wobei wir beide beinahe nackt waren, und fragte mich plötzlich: „Liebst du mich, Ilana?" Ich wußte kein Wort zu entgegnen. Ganz dicht lag ich neben ihr, ohne jede Bewegung – und ohne zu wissen, warum, bekam ich große Angst. Irgendwie hatte sie etwas in mir berührt, wovor ich tiefe Panik fühlte. So sehr, daß ich es nicht einmal gegenüber meiner besten Freundin ausdrücken konnte. Mirjam und ich sprachen später nie mehr über diese Nacht.

Nach der Oberschule mußte ich zur Armee. Ich gehörte zu einer Einheit in der Nähe des Toten Meeres. Nach einer Weile gehörte es zu meinen Aufgaben, andere neu ankommende Mädchen einzuweisen. Das war in den Jahren 1972 und 1973, als extreme Spannungen gegenüber den umgebenden arabischen Nachbarn bestanden. Sie entluden sich schließlich im sogenannten „Jom-Kippur-Krieg“, der mit einem Angriff von Syrien und Ägypten im Oktober 1973 begann. Ich war nicht in einer kämpfenden Truppe. Wir mußten vielmehr die Frontsoldaten mit allem Nötigen versorgen.

In einer meiner Ausbildungsgruppen war ein Mädchen, die Tzila hieß. Sie war ein Jahr jünger als ich. Sie stammte aus einem Moschaw, einer Art Kibbuz, der auf den Golan-Höhen angesiedelt war und überwiegend von jungen Leuten bewohnt wurde. Nach der Ausbildung ging sie zurück in ihren Moschaw, wobei wir jedoch weiter Briefe schrieben und uns, so oft wie möglich, gegenseitig besuchten. Um genau zu sein – wir schrieben uns jeden Tag einen Brief. Es war unglaublich intensiv, ohne jede Art von Sex. Ein paar Wochen später besuchte mich Tzila wieder mal bei meiner Einheit. Wie gewöhnlich schoben wir die Betten dicht zusammen und umarmten uns beim Erzählen und später beim Einschlafen. Wir hatten zwar dieses Zimmer für uns, aber die Räume hatten extrem dünne Wände, und ich vermute, daß ein Soldat versucht hatte, uns durch ein Loch zu beobachten. Am nächsten Morgen jedenfalls kam er auf uns zu und meinte aggressiv zu mir: „Ilana, du als Tochter eines anständigen Mannes eine Lesbe – wie ist das möglich?“

Ich war nicht imstande, mich oder gar uns zwei zu verteidigen. Es war das erste Mal, daß jemand mich als Lesbe bezeichnet hatte. Und es war offensichtlich: Eine Lesbe zu sein, das schien etwas ganz Schlimmes zu sein – eine Krankheit, eine schreckliche Verirrung der Natur ... Ich verdrängte alles, was ich tief in mir fühlte. Ich konnte nicht im geringsten mit der Tatsache umgehen, daß andere Menschen etwas sahen, bevor ich es selbst erkannte. Ab jetzt wurde ich äußerst vorsichtig. Ich begann, alle meine Handlungen zu kontrollieren, und brach mehr oder weniger die Freundschaft zu Tzila ab.

Die letzten vier Monate in der Armee wurde ich an einem anderen Ort am Toten Meer stationiert, der von einem Militärquartier umgewandelt werden sollte in einen Kibbuz. Diese Arbeit sollte von einer jungen Gruppe Soldatinnen und Soldaten in Eigenverantwortung geleistet werden. Ich war erleichtert, hiersein zu können, an diesem Ort, der wie eine Insel gegenüber dem Rest der Welt erschien. Ich freute mich über den Pioniergeist der meisten jungen Frauen und Männer unserer Einheit – viele selbst fasziniert von wilden Träumen und unkonventionellen Lebensformen. Hier traf ich den ersten Freund meines Lebens, in den ich mich verliebte – Rannan.

Er war 20 wie ich, intelligent und irgendwie selbstbewußt, was mich sehr beeindruckte. Er wußte, daß er niemals ein gewöhnliches Leben führen würde. Er wollte Israel verlassen, sobald er genug Geld zusammenhätte – um dann die Welt kennenzulernen. Ich stürzte mich Hals über Kopf in die Liebe zu Rannan – und erlebte zum ersten Mal Sex. Rannan war ein phantastischer Liebhaber, ich konnte nicht abstreiten, wie zärtlich und erfahren er war. Ich dachte: Na gut, das ist also Liebe und Sex, gar nicht so schlecht ...

Nach dem Armeedienst hatten wir beide alle möglichen Jobs mit dem einzigen Ziel, Geld für unsere Weltreise zu verdienen. Auf diese Weise lebten wir beinahe zwei Jahre zusammen. Dann sagte er mir eines Tages unvermittelt, daß er nun vorhabe aufzubrechen, aber daß er allein losziehen wolle. Er meinte, daß er sich nicht an eine Beziehung binden wolle, sondern absolute Freiheit für seine Reisepläne brauche. Und das tat er dann auch. Ich heulte, ich war verzweifelt und litt alle vorstellbaren Schmerzen einer verlorenen ersten Liebe. Sechs Monate nachdem er Richtung Europa aufgebrochen war, folgte ich ihm. Ich reiste allein durch Griechenland, Italien, die Schweiz und noch ein paar andere Länder bis nach London und Amsterdam, wo ich ihn endlich wiedersah. Aber unsere Beziehung war nicht mehr zu reparieren. Wenige Tage später brach er allein auf nach Afrika – und ich blieb in Amsterdam.

Da ich inzwischen beinahe kein Geld mehr hatte, zog ich in ein besetztes Haus und nahm alle möglichen schwarzen Jobs an. Ich traf ein paar andere Israelis, die in Amsterdam ein kleines Restaurant betrieben. Hier traf ich Rachel aus England, die mich schließlich bekannt machte mit – was ich anfangs dachte – einer ganz anderen Welt: Rachel lebte zusammen mit ihrer wesentlich älteren amerikanischen Freundin und zeigte mir verschiedene lesbische Treffpunkte in der Stadt. Als ihre Freundin für eine Zeit wegfuhr, hatten wir zum ersten Mal Sex zusammen. Aber nichts war entspannt. Ich befand mich noch stets in einer Art Paranoia, und alles geschah heimlich. Als ihre Freundin aus Amerika zurückkam und alles erfuhr, wurde mir klar, wie sehr ich sie verletzt hatte. Ich traf mich nicht mehr mit Rachel.

Das nächste Mädchen, das ich traf, kam ebenfalls aus England – Maggie. Es war schon etwas lockerer mit ihr, weil ich offen über alles mit ihr sprechen konnte. Dies ist etwas, das ich immer so wichtig mit meinen früheren Freundinnen seit Chaja gefunden hatte, als wir sechs waren: jemanden haben, dem ich hundert Prozent vertrauen und mit dem ich alles teilen kann.

Maggie und ich reisten zusammen nach Wales und England – und wenig später lud ich sie zu meiner Familie nach Israel ein. 1978 flogen wir beide zu meinen Eltern nach Tel Aviv, wo Vater inzwischen eine ziemlich luxuriöse Villa gebaut hatte. Maggie und ich schliefen im gleichen Zimmer – und wie immer schoben wir die Betten zusammen. In diesem Zimmer gab es jedoch nur ein zweistöckiges Hochbett, wodurch es einige Extra-Mühe kostete. Eines Morgens klopfte Mutter an die Tür und war zunächst irritiert, daß abgeschlossen war. Als ich schließlich geöffnet hatte, wurde sie ziemlich wütend, als sie sah, was wir mit den Betten gemacht hatten. Ich sah in ihren Augen, daß ihr alles klar war. Ohne ein Wort ging sie hinaus.

Es schien keine gute Idee gewesen zu sein, zusammen mit Maggie nach Israel zu kommen, weil ich einfach noch nicht stark genug war. Wieder kam meine alte Angst und Verwirrung zurück. In dieser Zeit besuchte ich einen pädagogischen Kurs, der von Ilana geleitet wurde. Während des Unterrichts traf ich Joël wieder, einen jungen Mann, den ich noch von früher kannte, als er mir immer Heiratsanträge gemacht hatte. Eines Abends gingen Joël und ich mit anderen Leuten vom Kurs zu Abend essen. Danach tranken wir Alkohol und saßen schließlich in einem Park im Mondlicht. Alles war schrecklich romantisch und unrealistisch zugleich.

Plötzlich fragte mich Joël: „Ilana, du weißt, daß ich dich schon lange verehre. Warum heiratest du mich nicht?“ Ohne ernsthaft darüber nachzudenken, ignorierte ich in dieser verrückten romantischen Stimmung die letzten Reste von Realität und antwortete: „Okay, Joël, ich werde dich heiraten!" Den Rest der Nacht fuhren wir zu seinen Geschwistern, um ihnen zu erzählen, daß wir heiraten wollten. Zuletzt fuhr er mich nach Hause. Ich bat ihn, draußen zu warten. Ich weckte Maggie und sagte ohne Umschweife: „Maggie, ich werde Joël heiraten!"

Ich spürte, wie sehr ich Maggie verletzte. Aber sie blieb stark und fragte nur, ob sie noch so lange in Israel bleiben könne, wie wir ursprünglich geplant hatten. Am nächsten Morgen weihten wir unsere Eltern ein – und von da an gab es kein Zurück mehr. Mein Vater begann ungeheure Vorbereitungen, um innerhalb einer Woche alles zusammenzuhaben für eine richtige große jüdische Hochzeit. Ich erinnere noch, wie Mutter einmal leise meinte: „Da stimmt etwas nicht mit Joël und Ilana!" Aber Vater achtete gar nicht mehr darauf. Er war genauso enthusiastisch wie Joëls Familie. Jeder war allein noch beschäftigt mit tausend und einer Vorbereitung. Stell dir vor – eine richtige jüdische Hochzeit: Ungefähr 1.000 Leute wurden eingeladen, und zwei große Säle wurden für das Ereignis gemietet. Zuletzt wurde auch Maggie wie selbstverständlich in all das Treiben einbezogen. Als die Hochzeit schließlich stattfand, war alles unwirklich wie in einem Film. Maggie hatte überall am Körper und im Gesicht rote Flecken. Joël und ich stürzten von Panik in Begeisterung und von da wieder in Panik und so weiter ...

Als Hochzeitsreise fuhren Joël, Maggie und ich gemeinsam nach Amsterdam – alles bezahlt von meinem Vater. Sieben Monate lebten wir zu dritt in der gleichen kleinen Wohnung wie in einer Horrorvorstellung. Wir sprachen weder über unser Leben noch über die Zukunft. Ich hatte weder Sex mit Joël noch mit Maggie. Jeder von uns dreien befand sich auf seiner eigenen Insel der Hoffnungslosigkeit. Bis ich eines Tages fühlte, daß ich dies nicht eine Sekunde länger aushalten könnte.

In meiner Verzweiflung erkundete ich, wo Rachel abgeblieben war, erfuhr, daß sie nach Amerika gegangen war, rief sie an und bat sie, schnell zu kommen. Sie nahm tatsächlich ein Flugzeug, aber entdeckte nach ihrer Ankunft sehr schnell, was für ein Drama ich angerichtet hatte. Ganz schnell flog sie zurück in die USA. Während ihres Besuches hatte ein anderer Bekannter von uns offen mit Joël gesprochen: „Hast du immer noch nicht begriffen, daß Ilana und Maggie Lesben sind? Wach auf, Joël!"

Wenig später erreichten die ersten Gerüchte Israel. Joëls Mutter rief meine Mutter an und schrie: „Weißt du, daß deine Tochter krank ist?" Meine Eltern waren am Boden zerstört. Obwohl meine Mutter von Anfang an eine Ahnung gehabt hatte, daß etwas nicht stimmte, waren die letzten Nachrichten doch ein ungeheurer Schock für meine Eltern. Die Telefone beider Familien standen von jetzt an Tag und Nacht nicht mehr still ... Kurz darauf, weniger als ein Jahr nach der rauschenden Hochzeitsfeier, wurden Joël und ich geschieden.

Mein Vater sprach einige Zeit später ernsthaft besorgt mit mir: „Ilana, wir haben genug Geld. Bitte laß mich dir helfen. Wir können jede Behandlung bezahlen, die gut für dich ist!" Ich schämte mich so für alles, was ich an Kummer über Maggie, Joël und meine Eltern gebracht hatte. Erst jetzt, nach all den Jahren der Flucht vor mir selbst, wurde mir klar: Am meisten sollte ich mich schämen über meine Scham, eine Lesbe zu sein! Ich mußte aufhören, mir etwas vorzumachen! Mit ruhiger Stimme entgegnete ich meinem Vater: „Bitte, mach dir keine Sorgen mehr! Ich habe meine Lektion gelernt. Ich bin nicht krank. Ich bin lesbisch – das ist alles!"

Ich fühlte, daß ich mein eigenes Leben beginnen müsse und nicht länger auf irgendein Wunder warten dürfe. Als ich zurück war in Amsterdam, traf ich Wil, eine holländische Frau, die ihren Namen nach der ersten niederländischen Königin Wilhelmina erhalten hatte. Zum ersten Mal spürte ich Ruhe beim Aufbau einer Beziehung mit einem anderen Menschen. Noch immer war nicht alles vollkommen, aber Wil und ich blieben doch vier Jahre zusammen, die einen wichtigen Abschnitt meines Lebens bildeten.

1986 kehrte ich von einer Reise nach Schottland zurück und mußte einen Flug über Paris nach Amsterdam nehmen. Ich blieb dabei eine Nacht im Haus eines lesbischen Paares – einer französischen Frau und einer Frau aus Lateinamerika. Weil mein Französisch sehr schlecht ist, mußte die Frau aus Lateinamerika die ganze Nacht übersetzen, da sie neben Spanisch und Französisch auch ausgezeichnet Englisch sprach. Sie hatte sich als Elena vorgestellt.

Gegenüber Elena war es Liebe auf den ersten Blick – und noch viel mehr. Vom ersten Moment an wußten wir, daß wir zusammengehören.

Zuerst lebten wir in Paris. Wegen finanzieller Schwierigkeiten siedelten wir dann nach Israel über, wo Elena perfekt hebräisch lernte. Später zogen wir gemeinsam nach Amsterdam. Wir leben jetzt neun Jahre zusammen, und ich bin glücklich, wie ich es mir niemals hätte träumen lassen während all der Jahre voller schier unüberwindlicher Probleme. Heute haben wir einen kleinen Laden zusammen und eine nette Gruppe von Freundinnen und Freunden. Wenn wir meine Familie in Israel besuchen, wird Elena herzlich willkommen geheißen von Mutter wie Vater. Auch meine Eltern mußten viel lernen in den letzten Jahren. Wenn ich manchmal meine Familie sehe, von der Elena ein wichtiger Teil geworden ist, dann spüre ich: Das war all die Mühe wert!

Wenn ich noch einmal von vorn beginnen könnte, würde ich nur eine Sache anders machen: Ich würde so früh zu mir stehen wie nur möglich! All mein Gegenankämpfen, mein Verstecken und Lügen waren zu nichts nutz und verursachten allein Schmerzen und Leid. Und darum verhalte ich mich heute gegenüber neuen Leuten so: Ich lasse sie von selbst erkennen, daß ich lesbisch bin. Und falls jemand damit ein Problem haben sollte (was nur ganz selten geschieht), dann ist es sein oder ihr Problem, aber nicht meines. Ich liebe Elena und die Art und Weise, wie wir zusammenleben.

Andrés Dukes

Zurück in Panamá

Andrés (18) in Panamá.

Andrés heute.

Nach 13 Jahren zu Besuch in meinem Geburtsland Panamá: Mein Vater, die Großmutter, der Großvater, ein paar Nachbarn, Frauen und Kinder meiner Brüder, sie umarmen mich, sie lachen, sie fragen: „Na, wieviel Kinder hast du schon? Was hast du mitgebracht? Wie geht es deiner Frau?" Um uns herum die Musik, die ich gern mag. Hunderte Kassetten davon stehen in meinem Zuhause in Amsterdam: Salsa, Merengue, Musik zum Tanzen, zum Bewegen, zum Singen, Lieder, in denen es unverblümt um Sex geht, garniert mit *amor* und *corazón*. Aber niemals um meinen Sex, um meinen *corazón*, um meinen *amor*.

Dann kommt meine Mutter, meine Sabina, sie ist soviel leiser als die anderen, sie spricht nicht, sie lächelt mich an – und ich bin froh, die weite Reise gemacht zu haben. Ein paar graue Haare hat sie dazubekommen, noch immer, auch mit 60 Jahren, ist sie trotz ihrer Armut eine elegante Frau. Wir haben die gleichen langen, schlanken Hände.

Von meinen sieben Brüdern ist nur der jüngste zu meiner Begrüßung erschienen, Roger, mein Lieblingsbruder, 12 Jahre alt, bald 13, der noch nicht weiß – oder doch? Ich werde irgendwann mit ihm darüber reden, und dann werden wir sehen. Ich spüre, daß er mich bewundert, und wünsche mir sehr, daß es so bleibt. Daß es nicht so wird wie bei Emiliano oder Gaspar, bei Cecilio oder Victor oder Noé, die nichts von mir wissen wollen, die mich verachten, wenn auch nicht mit dem Haß von Rigoberto, dem zweitältesten, der damals, kurz bevor ich das Land verließ, zu Mutter sagte: „Wenn ich Andrés auf der Straße mit dem Auto begegne, fahre ich ihn tot!"

Sabina, meine Mutter, sie weiß. Sie liebt mich, sie betet für mich jeden Tag um sieben Uhr abends in der Kirche. Aber nicht, daß ich so wie die anderen werde, sondern daß ich gesund und glücklich sein möge, dort in der anderen fernen Welt mit meinem anderen fernen Leben. Ihr Glaube ist nicht der des Papstes in Rom. Es gibt viele Mächte in so einem kleinen Dorf in der östlichsten Provinz Darién. Großvater Octavio, hoch in den Achtzigern, gilt als einer, der mit guten wie bösen Geistern Kontakt hat. Doch selbst diese Geister scheinen ihm nichts von meinen Gefühlen zu verraten – auch er fragt nach Frau und Kindern, gutmütig, arglos, er hat noch nie etwas auf das Geschwätz der Leute gegeben.

Die Leute in unserem Dorf, sie sehen alles, ihre Augen reichen bis ins Dunkel, ihre Ohren durchdringen Lärm wie Stille. Sie bemerken die sanfte Vertrautheit zwischen Sabina und mir, sie kennen alle Gerüchte über mich, aber Genaues weiß keiner, da sind die Brüder vor. Sie stacheln den Vater Sebastián: „Sabina wird bestimmt einmal Andrés in Europa besuchen. Du nicht, was?" Er schaut verlegen, redet wortreich drum herum, zeigt die mitgebrachten schwarzen Schuhe, will wissen: „Was meint ihr wohl, was die kosten?" Mich fragt eine Nachbarin direkt: „Liebst du Sebastián nicht, deinen Vater?"

Sebastián und Sabina, er ganz hell, sie so dunkelbraun wie ich, zusammen haben sie neun Kinder zur Welt gebracht, von denen alle noch leben, acht Jungen und ein Mädchen, nach elf Jahren noch einmal der Nachzügler Roger, der so klug ist und so still wie Mutter. An Heiraten hat Sabina nie gedacht in all den Jahren. Hier im Urwald, in einem Dorf, das nur in vielen Stunden über den Fluß oder mit einem kleinen Flugzeug erreichbar ist, braucht man weniger Urkunden, kaum Stempel und schon gar keine Männer auf dem Papier, sondern solche, die arbeiten und nicht schlagen.

Sebastián, den ich nie „Vater" genannt habe, hat mich geschlagen, was ich ihm nie verzeihen werde. Es sind meine ersten Erinnerungen an meine Kinderzeit, noch lange, bevor ich es wußte ...

Um fünf Uhr früh werden wir geweckt, die jüngeren Geschwister, die noch im Dorf sind. Die älteren Brüder sind in der Hauptstadt, in

Panamá City, gehen dort zur Oberschule oder arbeiten schon. Wieder müssen wir mit zu Sebastiáns *finca*, einem kleinen Stück Acker, drei Stunden mit dem Kanu den Fluß hinauf. Es ist so heiß, die Sonne brennt auf die Haut, kaum ist sie über die Baumwipfel gekrochen. So müde bin ich, ein Kind noch, das dünnste in der Familie. Aber ich muß arbeiten wie die anderen, das Paddel schmerzt in den kleinen Händen. Ab und zu wird der Fluß zu flach. Dann müssen wir aussteigen und das schwere Boot schieben.

Als wir endlich bei der *finca* ankommen, bin ich wie betäubt von der Hitze und den Strapazen. Aber Sebastián duldet keine Pause. Ein wenig Wasser und ein Stück mitgenommene *tortilla*, und schon geht es los – Bananen ernten oder junge Reissamen in den überfluteten Teil des Bodens stecken. Ich sage: „Ich kann nicht mehr. Alles tut mir weh!“ Sebastián schaut drohend zu mir.

Und einmal ist es soweit. Obwohl ich äußerlich ein schwächliches Kind bin, schlummert in mir ein eiserner Wille, schon damals. Ich sage: „Ich kann nicht mehr, ich mache eine Pause.“ Sebastián duldet keinen Widerspruch. Meine Geschwister schauen ängstlich zu uns herüber. Ohne länger zu warten, packt er seine Kuhlederpeitsche und schlägt auf mich ein. „Du mußt arbeiten lernen“, schreit er, „sei nicht wie ein Mädchen!“ Die Schläge reißen meine Haut auf und brennen entsetzlich. Irgendwann halte ich es nicht mehr aus und weine doch. Aber ich mache die Pause. Sebastián soll mich lieber totschlagen ...

Mein Lehrer auf der Dorfschule ist jung und engagiert. Ich mag ihn. Er setzt sich für alle Kinder ein, macht keine Unterschiede bei der Hautfarbe, obwohl er selbst weiß ist. Jorge-Luis heißt er, und ich verstehe eine Weile nicht, warum die Älteren ihn verspotten: *„El pájaro“* nennen sie ihn – den Vogel, weil er angeblich so komisch läuft, das geht ja noch, aber dann raunen sie mir zu: Das ist kein richtiger Mann – das ist ein *cuecón*, eine schwule Sau! Und sie brüllen vor Lachen, bevor ich begreifen kann, was ein *cuecón* wirklich ist. Ich ahne aber, daß es etwas Schlimmes sein muß. *Mi madre* – eine schwule Sau, das hört sich so brutal und verächtlich an. Ich wage nicht, die anderen zu fragen, und Jorge-Luis schon gar nicht. Er bleibt freundlich, trotz der Erniedrigungen der Älteren. Er tut mir leid, weil er wirklich ein guter Lehrer ist.

Meine Pubertät entwickelt sich nicht allmählich, sondern in einem heftigen, kurzen Beben. Gegen Ende meines zwölften Lebensjahres bekomme ich Fieber, liege schwitzend im Bett, wilde Träume, die ich noch nicht zu deuten weiß, lassen mich aufschrecken. Mein schweißnasser Körper erregt mich, stundenlang spiele ich unter der Decke mit meinem hart aufgerichteten Schwanz, zum Fieber kommen Halsschmerzen. Endlich, einmal unter der Dusche explodiert mein erigiertes Glied, beim Einseifen entsteht plötzlich ein rauschhaftes Gefühl, dann schießt eine noch unbekannte glitschige Flüssigkeit hervor, keine Pisse, etwas anderes, ganz wenig, es läßt sich leicht abspülen. Ich habe keine Ahnung, was das ist, aber es fühlt sich gut an. Sofort versuche ich, noch mehr von der Flüssigkeit hervorzubringen. Jedoch muß ich erst ein bißchen warten, bevor es wieder geht. Ich rede mit niemandem darüber, aber masturbiere nun jeden Tag, so oft es nur geht, manchmal fünf- oder sechsmal. Beinahe zwei Monate dauern das Fieber und die Halsschmerzen. Dann ist es so plötzlich vorbei, wie es gekommen ist. Meine Stimme ist nun tiefer, mein Schwanz gewachsen, ansonsten bin ich so dünn wie zuvor. Mutter schaut mich anders an.

Mit drei Kindern bin ich viel zusammen: mit meinem besten Freund Hector, mit meiner Freundin Kalinis und mit dem hübschen Aristides. Ich finde ihn wirklich schön, es irritiert mich damals nicht. Er ist so dunkel wie ich, hat tolle braune Augen mit langen Wimpern und einen kräftigen Jungenkörper. Wir reden fast nie miteinander. Heute weiß ich nicht einmal mehr genau, wie es begonnen hat – ob am Fluß, auf dem Baum oder unter dem Bett. Das sind unsere bevorzugten Plätze zum gegenseitigen Wichsen. Wenn wir uns treffen, dann fragt der eine: „Wohin wollen wir gehen?“ Und der andere gibt zur Antwort: „Bei mir geht es nicht, am Strand sind noch zuviel Leute, laß uns zu unserem Baum gehen!“ Dann nicken wir und klettern auf unseren Baum, einen dicht beblätterten und umrankten, auf dessen hohen, starken Ästen wir uns die Hosen herunterziehen und den steifen Schwanz des anderen in die Hand nehmen. Zuweilen kommt unter uns jemand lang, dann halten wir einen Moment inne. Manchmal können wir auch nicht mehr stoppen, weil wir schon so erregt sind, dann platscht unser Samen herunter, ob jemand in der Nähe ist oder nicht. Zu erkennen sind wir nicht in dem dicken Grün. Danach wischen wir uns mit ein paar Blättern trocken und klettern unbeschwert wieder hinab. Unten schlagen wir einander in die Hand, grinsen und gehen unserer Wege.

Mit meinem besten Freund Hector spreche ich über alles – außer über Aristides. Hector ist klug und gut. Er denkt viel nach über die Welt. Nie wäre ich auf die Idee gekommen, ihn zu berühren. Außer meiner Mutter Sabina vertraue ich niemandem so wie Hector, der für vieles einen Rat weiß und ähnliche Fluchtpläne aus unserem zurückgebliebenen Dorf hat wie ich.

Mit Kalinis dagegen unternehme ich die meisten geschäftlichen Aktivitäten. Sie ist genauso jung wie ich, aber hat die verrücktesten Ideen, auf welch vielfältige Arten man aus nichts Geld machen kann. Das geht so weit, daß mich Sebastián mit Kalinis ziehen läßt, weil er weiß, daß ich immer ein paar Centésimos mitbringen werde: Wir verkaufen Lose für die Lotterie, die sie irgendwo aufgetrieben hat, oder sie organisiert alle möglichen Lebensmittel, aus denen wir auf der Straße Essen kochen und den Leuten anbieten. Wir streiten uns dauernd, weil sie wirklich eine ausgekochte Nudel ist, aber gleichzeitig fasziniert sie mich auch. Erst viel später wird mir bewußt, daß ich der einzige Junge bin, der mit ihr all diese sonst überwiegend von Frauen ausgeführten Aktivitäten unternimmt.

Als die Dorfschule zu Ende ist, schlägt mich Jorge-Luis für eine landwirtschaftliche Oberschule für Jungen in Chepo, einer kleinen Stadt in der Nähe von Panamá City, vor. Auch wenn ich Abschied von meiner Mutter und Aristides, Hector und Kalinis nehmen muß, bin ich doch froh, mit 15 Jahren herauszukommen aus unserem Dorf. In der Schule wohnen wir die Woche über in einem Internat, am Wochenende fahren viele nach Hause. Da meine Eltern das nicht bezahlen können, soll ich dann jeweils nach Panamá City mit dem Bus fahren, wo meine Schwester Sandra mit ihrem Mann und den Kindern wohnt. Sandra mag ich schon, aber ihr Mann ist ein Ekel. Vom ersten Tag an behandelt er mich schlechter als seine Kinder, gibt mir weniger zu essen und läßt mich nur auf dem Fußboden schlafen. Sandra wagt nicht, ihm gegenüber den Mund aufzumachen.

Oft bin ich froh, am Montag wieder zurück in der Schule zu sein. Am Ende des Tages dürfen wir uns immer alle duschen in einem großen Raum, in dem etwa zehn Jungen gleichzeitig herumplanschen können. Es ist hier, in dem gigantischen Bad, wo ich merke, daß ich anders bin als die anderen Jungen. Die vergleichen beinahe täglich die Größe ihrer steifen Schwänze, wichsen locker zu viert oder fünft und gucken neugierig, bei wem der meiste Samen kommt. Anstatt einfach mitzumachen, schaue ich nur mit unglaublicher Faszination. Alles in mir bebt, sie haben so tolle, muskulöse, von Wasser und Seife glänzende Körper. Manchmal gehe ich nach dem Duschen allein auf das Klo, schließe mich ein und befriedige mich mit geschlossenen Augen, dabei an die schönsten der nackten Jungen denkend.

Bin ich ein *maricón*, ein Schwuler, oder gar eine schwule Sau, ein *cuecón*, wie Jorge-Luis? Ich fühle mich weder krank noch verrückt. Ganz allmählich bekomme ich sogar ein paar Muskeln an meinen bislang mageren Armen und Schultern. Ich beschließe, niemandem von meinen eigenartigen Gefühlen zu erzählen, weil ich inzwischen weiß, wie man über Jungen oder Männer redet, die andere Jungen oder Männer begehren. Aber ich weiß, daß etwas in mir begonnen hat, das sehr wichtig ist und das ich nicht einfach vergessen oder aufgeben kann, selbst wenn ich das wollte.

In der Nähe von Sandra und ihrer Familie wohnt Guillermo, der höchstens zwei Jahre älter ist als ich. Einmal unterhalten wir uns zufällig über irgend etwas Belangloses. Am Abend fährt mich Sandras Mann an: „Bist du jetzt auch schwul?" Ich erschrecke, aber merke mir, daß es mit Guillermo offensichtlich etwas Besonderes auf sich hat. Gut, er hat ein wenig längere Fingernägel als die meisten anderen Männer, mehr war mir bisher nicht aufgefallen. Ich beobachte Guillermo eine Weile aus der Ferne, dann spreche ich ihn an und frage, ob wir ein Bier zusammen trinken wollen. Er schaut mich erst kritisch an, schließlich lacht er und sagt: „Komm mal mit!"

Er geht mit mir zu einer *cantina*, die nicht weit weg von Sandras Wohnviertel ist. Nach einer Weile sagt er: „Sieh mal, Andrés, der da ist auch so!" Ich schaue erstaunt in die Richtung, in die er genickt hat. Da sitzt ein biederer, etwas dicklicher, älterer Mann, vielleicht ein Buchhalter oder Bankangestellter. „Der ist ein *maricón*?" frage ich ungläubig. „Ja, so wie du!" grinst Guillermo. „Einer, der nicht will, daß andere es merken. Aber ich sehe es doch!"

Danach gehen wir Gast für Gast durch: Der Wirt selbst ist nicht schwul, weiß Guillermo, aber der Polizist, mit dem er gerade redet, von dem wissen es ganz viele, und da hinten die beiden Bauarbeiter, die sind auch so wie wir. Wie wir, sagt Guillermo. Am Ende ist deutlich, daß mehr als die Hälfte aller Gäste so sind. Nie hätte ich das geglaubt. Aber Guillermo gibt nicht an. Er kennt sich hier aus.

Noch immer bin ich verwirrt. Aber die Zeichen werden unübersehbar, selbst für jemanden mit geschlossenen Augen. Und dann die erste Erfahrung, wo jemand mich erkennt – mit offenen Augen. Ich fahre im Bus von Panamá City nach Chepo, als mir ein junger Mann auffällt, der wunderschön aussieht, so männlich und kräftig, sein Hemd ist offen, so daß ich jede seiner gut geformten Bauchmuskeln bewundern kann. Plötzlich treffen sich unsere Blicke. Ein unerwarteter Haß lodert darin auf. *„Qué chucha me miras – eres cuecón?"* fährt er mich an. „Was schaust du wie eine Fotze – bist du eine schwule Sau?" Noch heute höre ich den Tonfall seiner Stimme, die Verachtung, die Wut. Im letzten Moment schaue ich zum Fenster hinaus, spiele den überrascht Ahnungslosen. Dabei ist von nun an alles deutlich. Mein Herz klopft während der gesamten Busfahrt zum Zerspringen. Ich schaue weiter starr aus dem Fenster. Ich weiß: Ich bin ein *maricón*.

Guillermo und ich ziehen jetzt an den Wochenenden öfter los. Sandras Mann wird nicht müde, mich anzupöbeln. Besonders gern gibt er seiner Stimme dabei einen affektiert weiblichen Tonfall und ruft Sätze wie: „Hallo, Süßer, willst du in den Arsch gefickt werden?" Oder: „Komm mir nicht zu nahe, Schwuler!" Inzwischen geht die Schule zu Ende. Ich bestehe die Abschlußprüfung mit Auszeichnung, was aber in meiner Familie, außer Sabina, niemanden interessiert. Ich tue alles, um nicht zurück in unser Dorf zu müssen, und finde eine Assistentenstelle bei einem Tierarzt in Panamá City.

Eines Tages lese ich während der Mittagspause in der Zeitung, daß das panamesische Unterrichtsministerium für besonders begabte Schüler Auslandsstipendien vergibt. Ich nehme mir sogleich den folgenden Tag frei und laufe mit der Zeitung zum Ministerium, einer riesigen vornehmen Villa im Kolonialstil. Schließlich lande ich tatsächlich in einem Büro, wo eine Sachbearbeiterin mir einen Stapel Formulare und Merkblätter aushändigt. Tausend Dokumente sind beizubringen, und in einer Woche schon gibt es einen Test, den ich mit schweißnassen Händen überstehe. Nach drei Monaten soll uns die Entscheidung mitgeteilt werden. Niemandem erzähle ich von meinen Plänen.

In einer schwulen Bar lerne ich während dieser Zeit einen etwa 40-jährigen Mann kennen, der sich sehr um mich bemüht. „Das ist ein Rechtsanwalt!“ flüstert mir Guillermo anerkennend zu. Er ist sehr gut gekleidet, fährt ein großes Auto und lädt mich ein paarmal zu teuren Essen ein. Nach der ersten Nacht in seinem vornehmen Apartment sagt er, daß er mich liebt und daß ich bei ihm wohnen könne, wenn ich das wolle. Ich kann mein Glück kaum fassen. Ein so armer Junge aus dem letzten Dorf kurz vor der kolumbianischen Grenze wird geliebt von einem wirklichen Herrn mit Geld und Bildung! Noch weiß ich nicht, was Liebe ist. Deshalb beschließe ich einfach, daß ich ihn auch liebe.

Ich bin wirklich ziemlich glücklich in der Zeit, die ich bei ihm verbringe. Er zeigt mir eine Welt, die ich bis dahin nicht kenne. Als ich drei Wochen zu meiner Familie fahren muß, sagt er, daß ich mir ein Flugticket kaufen solle. Er werde mir das Geld hinterher zurückgeben. Zum ersten Mal fliege ich stolz zu unserem kleinen Dorf. Die 30 Dollar für das Ticket sind fast all meine Ersparnisse. Ich bin glücklich, so heimkommen zu können. Mit einem Mal finde ich die Landschaft unter mir – den majestätischen Urwald, die verzweigten Flüsse – wunderschön. Den ganzen Hin- und Rückflug schaue ich gebannt aus dem Fenster.

Als ich nach drei Wochen zurückkomme, ist er völlig verändert, sein Gesicht unfreundlich, die Stimme kalt. Ich soll noch am gleichen Tag meine Sachen packen. Auf dem Bett, in dem ich mit ihm geschlafen habe, liegt ein anderer Junge, nicht älter als ich, und schaut unsicher zu mir herüber. Ich bin stumm vor Schmerz und Wut. Bevor ich sein Apartment verlasse, fällt mir das Ticket ein. „Du hast mir die 30 Dollar versprochen, Oswaldo!“ stoße ich hervor und schäme mich, daß meine Stimme zittert. „Verschwinde!“ ruft er, stößt mich hinaus und knallt die Tür hinter mir zu. Sandras Mann ist zum Glück nicht zu Hause, als ich wie ein geprügelter Hund zu ihnen zurückkehre mit meinen paar Habseligkeiten, die alle in einen Pappkoffer passen.

Ich bete, daß ich zugelassen werde für das Stipendium. Endlich, nach bangen Wochen des Wartens, bekomme ich eine Einladung zum Ministerium. Drei junge Leute werden schließlich ausgewählt aus einer mir nicht überschaubaren Menge von Bewerbern: Nina aus dem Norden des Landes, Abdiel aus Panamá City – und ich aus der östlichsten Provinz. Kaum kann ich mein Glück fassen. Als mich eine Mitarbeiterin des Ministeriums fragt, ob ich mit Polen als meinem zukünftigen Gastland einverstanden sei, sage ich, ohne zu zögern: *„Sí, Polonia!"* Erst später schaue ich auf meinem Atlas ruhig nach, wo Polen überhaupt liegt. Aha, Europa, das ist gut. Mehr weiß ich nicht, als ich wenig später zusammen mit Nina und Abdiel via Madrid Richtung Warschau fliege.

Auf dem Flughafen von Madrid sagt Abdiel, daß er ein Problem habe, über das er gern mit mir sprechen wolle. Dann werden wir jedoch gestört, und er verschiebt es auf später im Flugzeug. Als wir dort nebeneinandersitzen, die Maschinen laut brummen und er sich vergewissert hat, daß uns niemand belauschen würde, sagt er leise zu mir: „Andrés, ich habe ein großes Problem, aber ich will, daß du es weißt, gleich jetzt am Anfang unserer großen Reise!" Ich schaue ihn fragend an. Er senkt noch mehr seine Stimme und flüstert kaum hörbar: „Ich bin ein *maricón*!"

Ich muß wie verrückt lachen, kaum bekomme ich Luft, Abdiel schaut noch immer unsicher, zwischen Lachen und Atemholen rufe ich prustend und so laut, daß es sicher drei Reihen weiter zu hören ist: „Ich auch! Ich bin auch ein *maricón*!" Die besten Studenten Panamás – zwei junge Schwule und eine junge Frau! Endlich begreift auch Abdiel, er umarmt mich, lacht mit, umarmt mich wieder, wir lachen wie die Verrückten. Etwas später weihen wir Nina ein, die zu unserer guten Freundin wird.

Jetzt müßte eigentlich eine ganz neue Geschichte kommen: Mein Leben in Europa – in Polen, in England, in Deutschland und den Niederlanden, wo ich schließlich ein Zuhause gefunden habe. In wenigen Sätzen zusammengefaßt müßte ich in jedem Fall erwähnen, daß die erste Erfahrung in Polen nicht die der sexuellen Freiheit war, sondern die, daß vor die Diskriminierung als Schwuler noch die als Schwarzer rückte. Biedere Hausfrauen mit Kindern riefen uns auf der Straße hinterher: „Warum brennt ihr nicht im Ofen? Ihr seid doch schwarz wie Kohle!" Es war ein ungeahnt intensives Training in Selbstachtung. Von niemandem ließ ich mich mehr erniedrigen. Nach einem Jahr sprach ich perfekt polnisch und begann ein Universitätsstudium. Als mich einmal jemand ausrauben wollte, jagte ich ihn nackt davon. Ich freute mich auf den Abschluß meines Studiums und hatte gleichzeitig Angst davor, weil klar war, daß wir ausländischen Studenten dann in unsere Heimatländer zurück sollten.

In dieser Zeit lernte ich meinen ersten Freund kennen, einen Ostdeutschen, der davon träumte, in den Westen abzuhauen. Mit Dirk lernte ich zum ersten Mal in meinem Leben wirkliche Liebe kennen. Wir waren beide arm, aber wir hielten zusammen. Er half mir, ohne an seinen eigenen Vorteil zu denken. Über viele Umwege gelang es uns, in West-Berlin anzukommen. Wohl hatten wir alle Schwierigkeiten von Flucht und Ankunft in einem neuen Land bewältigt, dem Alltag einer richtigen Beziehung war ich jedoch noch nicht gewachsen. Dirk verdanke ich, daß ich in Europa bleiben konnte, und wir sind gute Freunde geblieben.

Ich lernte, auf eigenen Beinen zu stehen, lernte nach Spanisch und Polnisch noch Portugiesisch und Deutsch, lernte, hinter den Glanz und Glitter der schwulen Metropole Berlin zu schauen. Immer war es ein leichtes, einen gutaussehenden oder einen wohlhabenden oder einen lustigen Mann für eine Nacht kennenzulernen. Aber was ich wollte, war, ein Zuhause zu finden, einen Ort, wo ich mich gleichzeitig geborgen fühlen konnte und doch alle Freiheiten hatte, um weiter wachsen zu können.

Durch einen Zufall lernte ich meinen nächsten Freund kennen, während er nur kurz in Berlin zu Besuch war. Er schien mir anders als alle meine bisherigen Bekannten zu sein. Jedoch verloren wir einander wieder aus den Augen, aber aus anderen Gründen, nicht aus Oberflächlichkeit. Über zwei Jahre vergaß ich ihn nicht. Dann traf ich ihn wieder – in den Niederlanden, dem Land, das schließlich für längere Zeit mein Zuhause geworden ist.

Nach 13 Jahren zurück in Panamá: Ich höre mich um, was aus jenen geworden ist, die meine ersten Schritte als junger Schwuler begleitet haben. Der hübsche kleine Aristides ist laut Auskunft seiner Mutter verheiratet und Vater von zwei Kindern; Oswaldo, der rücksichtslose Advokat, lebt heute angeblich in New York; Sandras Mann und ich gehen uns aus dem Weg, damit es kein Unglück gibt; mein guter Lehrer Jorge-Luis hat unser Dorf verlassen und mit einem Freund nacheinander mehrere große Discos in Panamá City eröffnet, die sich alle dadurch auszeichnen, daß auch Schwule dort willkommen sind.

Kurz bevor ich zurückfliege nach Amsterdam, gibt mir meine Mutter einen zweiseitigen Brief an meinen Geliebten mit. Sie schreibt darin, daß sie froh ist zu wissen, daß wir glücklich seien. Ihre letzten Worte im Brief: „Passen Sie gut auf ihn auf – auf meinen Lieblingssohn ...“

Elena Locatelli

Fast zerbrochen zwischen Uruguay und USA

Elena heute.

Alles begann so romantisch: Meine Mutter und mein Vater begegneten einander als blutjunge Studenten im berühmten *Prado*-Museum in der Hauptstadt Uruguays, in Montevideo. Was innerhalb einer der klassischen Ausstellungen geschah, war Liebe auf den ersten Blick: sie 18, er gerade 19 Jahre alt. Sie verliebten – und liebten sich. Mutter wurde bald danach schwanger. Beide Familien willigten sofort in eine Hochzeit ein – sechs Monate später wurde ich geboren.

Beide stammten sie aus wohlhabenden Familien. Vaters Familie – die Locatellis – war in den dreißiger Jahren aus Italien nach Uruguay emigriert, um bessere Geschäfte mit allen Arten von teuren und antiken Möbeln zu machen. 1939 wurde Vater in Montevideo geboren. Mutters Familie besaß einiges an Land im Rocha-Gebiet im Norden Uruguays. Trotz dieses eher landwirtschaftlichen Hintergrunds waren alle Frauen der Familie hoch gebildet und zählten zur High-Society Uruguays. Meine Großmutter wurde sogar die erste Mathematikprofessorin in der Geschichte des Landes. Als ihre Tochter – meine Mutter – schwanger wurde im Sommer 1957, reagierte sie sofort unterstützend und sagte: „Mach dir keine Sorgen! Ich werde dir helfen!"

Nach der Hochzeit zogen Vater und Mutter in ein Apartment, das von den Eltern bezahlt wurde, und konnten so ihr Studium fortsetzen: Mutter machte ein Pädagogikstudium, Vater wollte Agronom werden. Gleichzeitig verdiente er noch etwas durch einen Job bei IBM dazu. 13

Monate nach mir kam eine zweite Tochter zur Welt – Amyel. Ich war fünf Jahre alt, als Mutter mir erklärte: „Hör zu, Elena – das nächste Kind, das wir bekommen, ist dein Baby! Du mußt gut für es sorgen, einverstanden?" Ich erinnere genau, welche Verantwortung ich fühlte – obwohl ich doch erst fünf war! –, als Cecilia, die dritte Tochter, geboren wurde.

Weil unsere Eltern zuerst studierten und später immer arbeiteten tagsüber, wuchsen wir drei Mädchen mit einer *nanny* auf. Ihr Name war Yaya, eine nette und freundliche Frau in mittleren Jahren, die viel Verständnis für Kinder hatte. Da Cecilia lange „das Baby" blieb, kümmerte ich mich immer um sie: Ich spielte mit ihr, machte sie sauber, fütterte sie und beschützte sie vor allem, was ihr hätte gefährlich werden können. Noch immer höre ich Mutter in meinen Ohren: „Elena, benimm dich ordentlich! Du mußt ein Vorbild für deine jüngeren Schwestern sein!"

Im Lauf der Zeit übernahmen wir drei Töchter sehr unterschiedliche Rollen in der Familie: Ich war „die Kluge", las Bücher, noch bevor ich zur Schule kam, und war wie eine Maschine immer voller Energien. Amyel war „die Arme": Sie mochte gar nicht lesen und brauchte meist länger als wir anderen, bis sie etwas kapiert hatte. Cecilia dagegen blieb „der kleine Liebling", was sie auch tat: Für nichts war sie verantwortlich und durfte tun und lassen, was sie wollte. Natürlich gab es vor diesem Hintergrund jede Menge Streit zwischen uns dreien. Von Anfang an spürte ich, daß Amyel mich haßte. Meine Eltern verhielten sich dann jeweils sehr intellektuell. Sie waren echte Akademiker und wollten, daß wir dies auch einmal würden. Sie verbargen ihre Enttäuschung über Amyel nicht und bezeichneten sie oft, auch in unserer Gegenwart, als dumm. (Herrliche Ironie des Lebens – Amyel schaffte später als einzige von uns einen Abschluß in Harvard und hat heute eine Top-Stellung bei der Bank für Internationale Entwicklung in Washington ...)

Damals war es noch schwierig, kritisch über unsere Eltern nachzudenken, einfach weil sie in allem perfekt erschienen – intelligent, wohlhabend, von einflußreichen Freunden umgeben und am wichtigsten: selbst in einer vollkommenen Beziehung zueinander. Sie paßten scheinbar hundert Prozent zusammen – immer verstanden sie einander und scheuten sich nie, ihre intensive Liebe zu demonstrieren, die kaum Raum ließ für irgend jemand anderen, geschweige denn für die eigenen Kinder. Bis heute hatte keiner von beiden jemals eine Affäre mit einem anderen, was schon einiges bedeutet, wenn man sich bewußtmacht, daß mein Vater gleichzeitig ein typisch lateinamerikanischer Macho-Typ ist. Diese Eltern waren unfehlbare Vorbilder für uns Kinder. In unseren kleinen Seelen entstanden unglaublich hohe Erwartungen an andere Menschen, die immer zuerst verglichen wurden mit unseren Eltern – und meist jenen hohen Standards nur schwer gerecht werden konnten.

Ich erinnere, wie kalt und einsam ich mich oft als Kind fühlte. Von mir als Ältester wurde immer nur gefordert. Ich wurde bestraft und manchmal auch geschlagen, wenn nicht alles wie am Schnürchen lief. Außer unserer *nanny* erhielt ich daheim nur noch Zuwendung von meiner Großmutter und später von unserem Hund. Meine Großmutter war eine warmherzige Frau, die wahrscheinlich ahnte, wie mir oft zumute war.

Oberflächlich gesehen spielte ich weiter das starke, kluge und verantwortliche Kind. Als ich zum Kindergarten geschickt wurde, verabschiedete ich mich immer lächelnd von Mutter. Monate später holte sie mich einmal von dort ab und unterhielt sich dabei mit einer anderen Mutter. Sie wurde gefragt: „Welches ist denn Ihr Kind?" Als sie auf mich zeigte, sagte die andere Mutter: „Ach, dieses Mädchen? Sie weint so oft allein vor sich hin ..."

Auch in der Schule blieb ich weiter die Beste. Alle Lehrer mochten mich. Auf der anderen Seite war meine soziale Position bei den Mitschülern meist schwierig und kompliziert: Niemals hatte ich viele Freundinnen und Freunde – ich hatte ab und zu eine einzige beste Freundin, immer ein Mädchen. So wie meine Eltern ihre Zuneigung mir gegenüber durch hohe Anforderungen ausdrückten, so begann auch ich alle Freundschaften mit hohen Ansprüchen: „Wenn du dies oder jenes nicht tust, dann kannst du nicht meine Freundin sein ..." Es ist leicht vorstellbar, wie schnell andere Mädchen zu Recht genervt von mir waren.

Es begann mit Andrea Rodríguez im Alter von sechs. Sie war zunächst alles für mich – bis sie irgendeinen unwichtigen Fehler beging. Dann fühlte ich mich betrogen und tief enttäuscht. Und die Freundschaft war vorbei. Als ich ungefähr acht war, zogen wir von Montevideo nach Colonia im Süden Uruguays, weil Vater an einem dortigen Institut eine gute Stelle bekommen hatte. In der Schule lernte ich Celeste kennen, ein Mädchen, das meine beste Freundin für beinahe drei Jahre wurde. Heute kann ich mir kaum noch vorstellen, wie sie all meine Kritik und Streitereien ausgehalten hat. Ich war so oft nur destruktiv zu ihr. Aber schließlich wurde auch sie dessen müde und distanzierte sich mehr und mehr von mir. Ich war am Boden zerstört, als ich eines Tages merkte, daß ich mal wieder eine beste Freundin verloren hatte.

Mutter hatte davor ab und zu gemeint: „Elena, warum spielst du denn immer nur mit Celeste? Kannst du nicht mal mit anderen spielen wie andere Kinder auch?" Als sich Celeste von mir trennte, war ich elf. Wenig später entschied ich innerlich: Nun gut, vielleicht gibt es in diesem Leben gar keine richtigen Freunde. In der Schule fühlte ich mich verlassen. Zu Hause war ich einsam – niemals spielte ich mit Amyel und mit Cecilia nur, als sie noch sehr klein war. Erneut tauchte ich weg hinter Bücher – Großmutter stellte mir eine unerschöpfliche Sammlung von Lexika zur Verfügung. Ich unterhielt mich mit unserem Hund und begann, alle möglichen Insekten zu sammeln. Bald kannte ich ihre lateinischen Namen und alle möglichen anderen Details. Ein verrücktes einsames Mädchen auf der Suche nach ... nach was?

Eines Tages kam Vater heim und kündigte frohgemut an: „Hört mal, Kinder, ich habe ein Stipendium für ein Studium in den USA bekommen! Nächsten Monat ziehen wir um!" Mein Gott, dachte ich, hier ist doch mein Leben schon schwierig genug – wie würde ich das alles auch noch in einem fremden Land aushalten? 1969 – ich war elf Jahre alt – zogen wir in die Stadt Corvallis im US-Staat Oregon. Großmutter und meinen Hund mußte ich in Montevideo zurücklassen.

Die ersten Wochen auf der neuen Schule waren nur schrecklich. Die Lehrerin stellte mich mit den Worten vor: „Dies ist ein neues Mädchen aus Uruguay!" Das war's. Alle Kinder starrten mich an. In ihren Gesichtern stand deutliche Skepsis geschrieben: Wo in aller Welt war Uruguay? Tagelang sagte ich kein Wort, und niemand sprach mit mir.

Kurz bevor ich durchdrehte, kam ein Mädchen auf mich zu und nahm mich bei der Hand. Sie hieß Shelly und half mir sehr. Von ihr lernte ich Englisch. Oft gingen wir schwimmen zusammen – und wieder begann ich, ein anderes Mädchen meine beste Freundin zu nennen. Nur durch sie habe ich dieses letzte Jahr in der Grundschule ertragen können. Und wieder begann Mutter zu klagen: „Elena, immer nur mit Shelly! Das ist ungesund!“

Als wir auf die Oberschule wechselten, wurden Shelly und ich getrennt, weil wir in verschiedene Schulen kamen. Die folgenden zwei Jahre waren ein einziger Alptraum. Die meisten Jugendlichen reagierten sehr aggressiv auf mich. Mein Englisch war inzwischen recht gut, aber wegen meines geringen Akzents und der konservativen Kleidung, die ich tragen mußte, schrien sie oft hinter mir her: „Du mexikanisches Schwein!“ Wenn ich dann zu erklären begann, daß ich aus Uruguay kam und nicht aus Mexiko, lachten sie nur noch lauter. Ich begann, Corvallis zu hassen und Oregon und die ganzen Vereinigten Staaten. Als endlich Vater seinen *Master*-Abschluß geschafft hatte und wir heimfahren konnten, fühlte ich mich wie gerettet – im letzten Moment!

Zuhause war ich froh, wieder meine Großmutter und meinen Hund um mich zu haben. Der Rest der Familie zog sich mehr und mehr von mir zurück: Vater und Mutter waren sowieso am meisten voneinander beeindruckt, Amyel und Cecilia hatten in den USA eine zarte Freundschaft begonnen. Ich war eigentlich nicht mehr Teil dieser Familie.

Auf der Oberschule in Uruguay bewahrte ich mir dadurch einen Rest von Selbstbewußtsein, daß ich weiter hervorragende Zensuren in den meisten Fächern schaffte. Deshalb war ich nicht angeberisch. Ich lernte gern und erklärte auch immer anderen, wenn sie mich etwas fragten. Ich begann außerdem, an Schwimmwettkämpfen teilzunehmen, und erlebte hier zumindest eine sportliche Kameradschaft, was eine nette und neue Erfahrung für mich war.

Eine ähnliche Kameradschaft fand ich in einigen sozialistischen Jugendorganisationen, die mich interessierten. Obwohl ich selbst aus der oberen Mittelschicht stammte, war mir bewußt, wie sehr in den frühen siebziger Jahren in Uruguay sich die politische Unterdrückung verschärfte. Täglich verschwanden Leute, und mehr als einmal sah ich Leichen im nahen Fluß treiben. Trotz der Aufhebung von Rede- und Versammlungsfreiheit fanden doch unterschiedlichste Gruppen der

Gesellschaft zusammen und kooperierten im linken *Frente Amplio* gegen die rechte *Colorados*-Partei für die bevorstehenden Wahlen. Stundenlang saß ich mit bis dahin fremden Menschen zusammen, um den politischen Diskussionen zuzuhören. Mit anderen Jugendlichen in meinem Alter klebte ich verbotene politische Plakate in allen Vierteln von Montevideo.

Eine Zeitlang vergaß ich beinahe all meine persönlichen Probleme, weil ich fühlte, daß ich zu etwas wirklich Menschlichem beitragen konnte, etwas, das alles in der Gesellschaft zum Besseren würde verändern können. Wir hörten von ähnlichen Entwicklungen in mehreren Nachbarländern. Südamerika schien endlich aus dem dunklen Alptraum von Kolonisation und Unterdrückung zu erwachen. Der entscheidende Moment kam 1973: Die Meinungsumfragen sagten vorher, daß der *Frente Amplio* die nächsten Wahlen gewinnen würde. Dann gingen wir alle stolz und aufgeregt an die Wahlurnen, Menschen, die bisher nie in ihrem Leben so einen Zettel ausgefüllt hatten, alle meine Freunde, alle intellektuellen Freunde meiner Eltern, beinahe jeder, den ich kannte, stimmte für den Wechsel. Am Abend, als die Ergebnisse im Fernsehen bekannt gegeben wurden, kam der Schlag: Die regierende *Colorados*-Partei hatte mit unvorstellbar hohem Ergebnis gewonnen.

Für einen Moment war es, als wäre jeder wie gelähmt: Niemand glaubte den Ergebnissen. Was würde als nächstes geschehen? Kämpfe auf den Straßen? Eine Revolution wie in Kuba? Bevor der *Frente Amplio* eine neue Strategie entwickeln konnte, ergriff noch im Juni 1973 das Militär die Macht im Land mit einem Staatsstreich. Das Parlament wurde aufgelöst und nach Hause geschickt. Viele politisch engagierte Leute der Linken verschwanden, einige wurden an öffentlichen Plätzen erhängt, um die Bevölkerung abzuschrecken. Im September des gleichen Jahres putschten auch rechte Militärs in Chile mit unglaublicher Brutalität, wobei sie auch den ersten demokratisch gewählten sozialistischen Präsidenten von ganz Lateinamerika erschossen – Salvador Allende.

Es war klar, daß jeder, der zu den Intellektuellen in Montevideo zählte, ebenfalls in Gefahr war. Vater tat alles, um erneut ein Stipendium für die Vereinigten Staaten zu bekommen, und wenig später hatte er tatsächlich alle Papiere zusammen. Mutter begann, alles zu verkaufen, selbst den alten Familienschmuck. Sie war fertig mit Uruguay und wollte niemals zurückkehren. Ich schaute ihnen mit wachsender Angst zu. Eines Tages sagte ich zu Mutter: „Bitte, laßt mich bei Großmutter bleiben. Ich bin doch schon 15, und ich möchte nicht wieder in die USA!" Großmutter hatte bereits ihre Zustimmung gegeben. Aber Mutter blieb hart. Sie verkaufte meinen Hund und befahl: „Nein, Elena, du kommst mit uns!" Ich flehte: „Bitte, bitte, laßt mich hier, wo ich mich zu Hause fühle. Wenn ihr mich zwingt mitzukommen, werdet ihr mich verlieren ..." Aber Mutter hörte gar nicht mehr zu.

Ich fühlte mich wie das elendigste Geschöpf auf diesem Planeten. Wir zogen erneut nach Corvallis, Oregon. Vater begann, seine Doktorarbeit zu schreiben, Amyel und Cecilia fanden bald neue Freundinnen. Ich weigerte mich, sie zu Wochenendausflügen oder zu Abendeinladungen zu begleiten. Nach einer Weile fragte mich auch niemand mehr, irgendwohin mitzukommen. Ich wurde ein Schatten meiner selbst.

Einige Zeit später entdeckte ich, daß es auf meiner neuen Oberschule noch ein paar andere ausgeflippte Schülerinnen und Schüler gab – einige Mädchen und Jungen, die nicht wie die meisten anderen nur Partys und Klatsch im Kopf hatten. Die Leute dieser Gruppe waren interessiert an Büchern und Theater, rauchten Marihuana und achteten nicht auf die Kleidervorschriften. Ohne jede Organisation entdeckten wir einander, die Jungen ließen sich die Haare lang wachsen, wir Mädchen zogen Blue jeans an, was damals eine Art Revolution in Corvallis bedeutete. Trotz unserer ungewöhnlichen Erscheinung waren die meisten von uns brillante Schüler. Mehrere von uns konnten am sogenannten *„advanced placement"* teilnehmen, was bedeutete, daß wir nicht alle Normalklassen durchlaufen mußten.

Hier traf ich Karen, beide waren wir 16 und ziemlich hübsch. Anfangs war sie irgendwie eifersüchtig auf mich. Aber endlich hatte ich einmal etwas Geduld mit jemand anderem, die Anziehung zu ihr war so überwältigend. Ganz langsam nahm diese gegenseitige Attraktion Tag für Tag zu, und plötzlich wußte ich: Wouh – ich bin verliebt in Karen! Noch nie hatte ich einen Jungen oder ein Mädchen geküßt, ich hatte noch keine Vorstellung, wie eine Lesbe oder ein Schwuler aussehen könnten. Wenn ich jedoch Karen ansah, dann fühlte ich so stark und voller Wärme und Glück, daß ich sie küssen wollte. Deshalb sagte ich zu mir: Elena, wenn du Karen so gern küssen willst, dann ist das mehr als Freundschaft – das ist Liebe!

Zum ersten Mal in meinem Leben war ich wirklich glücklich und ich selbst. Es gab in dieser kalten Welt einen Menschen, für den ich würde sorgen können – phantastisch, wunderbar, unglaublich! Wir verbrachten Stunde um Stunde zusammen, zumeist bei ihr daheim, weil ihre Mutter oft im Nachtdienst arbeiten mußte. Eines Abends, als wir wieder allein waren, nahm ich all meinen Mut zusammen und sagte zu Karen: „Sieh mal, ich kann nicht länger warten. Ich werde dich jetzt küssen, okay?" Sie sagte kein Wort. Sie sah mich nur an mit ihren wunderschönen Augen. Lieber Gott, das war so herrlich, 16 und von Herzen verliebt, in aller Unschuld, die du dir nur vorstellen kannst – und Karen ging es ebenso!

Am nächsten Morgen, als wir nackt im gleichen Bett erwachten, schaute mich Karen ernst an und meinte: „Elena, ist dir klar – wir sind Lesben!" Wir begannen, die Bedeutung davon nüchtern an uns heranzulassen – kein Grund zur Freude, aber auch nicht zur Verzweiflung, eben etwas, mit dem wir würden lernen müssen umzugehen. In keiner Weise schämte ich mich. Ich fühlte mich im siebten Himmel, wegen Karen und weil sie genauso empfand: „Ich habe keine Ahnung, was wir sind oder wie andere Leute uns nennen – ich weiß nur, daß ich dich liebe!"

Es gab noch ein anderes Mädchen in unserer verrückten Gruppe, das ich sehr achtete. Ich wußte, daß sie nicht lesbisch war. Sie hieß Beth, ein ruhiges und besonders kluges Mädchen. „Beth", begann ich ernst, „du mußt etwas über Karen erfahren!" – „Ist sie krank?" fragte Beth. – „Nein!" – „Ist sie schwanger?" – „Nein!" entgegnete ich erneut. – „Dann seid ihr ein Paar geworden, stimmt's?" meinte Beth und lächelte mir zu. – „*Yeah*, Beth – darum geht's!" Ich umarmte sie und flüsterte ihr ins Ohr: „Du bist die Größte, Beth! Das war genau, was ich brauchte!" Ihre Reaktion war wie ein grünes Licht für mich.

Mutter knurrte ab und zu, wenn sie uns sah: „Was ist das, Elena? Karen und du führen sich auf wie Mann und Frau – nicht wie Freundinnen!" Nun hörte ich nicht mehr auf sie. Ich spürte, daß ich nicht mehr allein war, daß es nicht mehr so kalt in meinem Leben war ...

Unsere Liebe wuchs zu einer echten Beziehung. Die folgenden zwei Jahre waren wir fast immer zusammen. Niemals war es langweilig, über alles konnten wir reden – und wir konnten auch ruhig miteinander sein. Natürlich begannen verschiedene Leute, über uns zu reden. Aber wir kümmerten uns einfach nicht darum: Unsere Freunde in der Gruppe wußten alles – das reichte.

Im darauffolgenden Winter begleitete Karen ihre Familie auf eine Skireise – ohne mich. Wir schrieben einander jeden Tag einen Brief und konnten es kaum abwarten, wieder zusammenzusein. Dann kam der Tag, der alles veränderte: Als ich nach Hause kam und meine Zimmertür öffnete, stellte ich erschrocken fest, daß der ganze Raum ein einziges Chaos war. Bevor ich mir ein Bild machen konnte, was hier geschehen war, kam Mutter angerannt und schrie mich an: „Du verkommenes Kind! Du perverse Schlampe!"

Während sie weiter auf mich einschrie, begriff ich allmählich, daß sie einen Brief von Karen geöffnet hatte und dadurch ihre Augen nicht länger vor der Tatsache verschließen konnte, daß ihre Tochter lesbisch ist. Nachdem sie Karens Brief gelesen hatte, war sie nicht mehr zu bremsen gewesen: Jeder Millimeter meines Zimmers war durchsucht, alle Photos, die ich von Karen besaß, zerrissen und alle kleinen Geschenke, die ich von ihr einmal bekommen hatte, zerstört. Bevor sie das Zimmer verließ, zischte sie mir zu: „Du wirst dieses Mädchen nie wieder treffen!" Ich heulte und schrie zurück: „Nein, nein, nein – das werde ich niemals tun!"

Am Tag, als Karen heimkehrte aus dem Urlaub, rief meine Mutter sofort bei ihrer Mutter an. Aber für Karens Mutter war es kein großer Schock, sie hatte es mehr oder weniger geahnt und reagierte ganz ruhig: „Karen ist meine Tochter! Was kann ich daran ändern?"

Von nun an konnten wir uns nur noch heimlich treffen. Ich war allein noch zu Hause, wenn es absolut nicht anders ging. Dann schlich ich meist nur herein und wieder heraus, immer bemüht, niemandem zu begegnen. Nach einer Weile erlaubte es uns Karens Mutter offiziell, daß wir uns bei ihr treffen konnten. Kurz darauf – Karen und ich hatten gerade das Abitur geschafft – bekam Vater eine vielversprechende Stelle in Costa Rica angeboten. Mutter teilte mir mit: „Elena, wir wollen dich nicht dabeihaben! Du gehst zurück nach Montevideo!"

Natürlich protestierte ich nun dagegen. Ich wollte bei Karen bleiben. Ihre Mutter bot sogar an, mich zu adoptieren und für mich zu sorgen. Immerhin war ich schon 18 – womit man damals leider noch nicht als volljährig galt. Ohne weitere Diskussion brachte mich Mutter auf ein Schiff nach Uruguay, während sie, Vater, Amyel und Cecilia nach Costa Rica flogen.

Als ich dieses Mal nach Montevideo zurückkehrte, hatte sich alles zum Schlechten gewandelt. Noch vor Jahren war Uruguay eines der schönsten und fruchtbarsten Länder Südamerikas gewesen, alle Kinder hatten eine Schule besuchen können, und niemand war an Hunger gestorben. Jetzt erschien alles grau und verloren. Selbst meine Großeltern waren arme Leute geworden, die mich kaum unterstützen konnten. Überall war die Depression zu spüren als Folge der furchtbaren politischen und ökonomischen Situation.

Obwohl Mutter versucht hatte, mir und Großmutter Angst einzujagen mit der Drohung, daß sie kein Geld mehr schicken würde, wenn ich weiter zu Karen Kontakt hielte, hatten wir beide doch längst heimlich verabredet, daß sie mir so bald wie möglich nach Uruguay folgen wollte. Als ich mit Großmutter ehrlich über alles sprach, sagte sie: „Elena, du mußt alles vergessen, was durch deine Mutter geschehen ist. Deine Karen ist immer willkommen in unserem Haus!"

Vier Wochen nach meiner Rückkehr nach Montevideo kam Karen, um mit mir zu leben. Mit Hilfe meiner Großeltern konnten wir sogar eine kleine Wohnung bekommen. Kurz darauf erfuhr Mutter über das Konsulat von Uruguay in Oregon, daß Karen nach Montevideo gegangen war. Sie stoppte sofort die monatlichen Unterhaltszahlungen von 100 Dollar. Gemeinsam mit Karen fühlte ich mich stark genug, zu einem Rechtsanwalt zu gehen und um Rat zu fragen. Er schrieb meinem Vater einen Brief, in dem er ihn wissen ließ, daß er gesetzlich verpflichtet sei, seine minderjährige Tochter zu unterstützen. Ohne jede persönliche Reaktion kamen die 100 Dollar ab dann wieder.

Wenn wir nur schon etwas älter oder erfahrener gewesen wären, oder wenn wir gute Freunde gehabt hätten, oder wenn ... Karen und ich waren doch erst 18, beide ohne jede Berufserfahrung in einem Land, das sich in einer schweren Krise befand. Das tägliche Leben wurde so unglaublich schwer für uns. Wir nahmen jeden Job an, den wir bekommen konnten – Saubermachen, Babysitten, ich begann selbst, erste Seminare an der Uni zu belegen. Doch nie reichte das Geld auch nur für die dringendsten Dinge. Außerdem war für Karen natürlich alles fremd, alle ihre Freunde und ihre gesamte Familie saßen im fernen Oregon – alles, was sie hatte, war ich.

Beide fielen wir zurück auf Verhaltensmuster von hohen Erwartungen und tiefen Enttäuschungen. Wir begannen, über alles und nichts zu streiten. Nach einigen Monaten ging ich wieder regelmäßig zu einem Schwimmclub, und nach kurzer Zeit wurde ich in die Schwimmer-Nationalmannschaft von Uruguay berufen mit Reisen nach Argentinien und in andere Nachbarländer. Karen hatte ich gebeten, gegenüber meinen Sportkameraden nicht offen über unser Lesbischsein zu reden, denn wir waren immerhin in Uruguay, und ich kannte inzwischen die miese Haltung vieler Mitmenschen gegenüber Homosexualität. Trotzdem erzählte sie es eines Tages einer Freundin, die es einem Freund weitersagte, bis es schließlich jeder in meiner Mannschaft wußte. Von einem zum anderen Tag durfte ich ohne Begründung nicht mehr an den Wettkämpfen teilnehmen. Ich war so zornig auf Karen.

Nach etwa einem Jahr entschloß sich Karen, zurück in die USA zu gehen, aber sie sprach darüber anfangs mit keinem Wort zu mir. Erst als alles perfekt vorbereitet war, sagte sie mir: „Morgen fahre ich, Elena!" Zuerst konnte ich es nicht glauben. Aber dann packte sie tatsächlich all ihre Sachen und brach am nächsten Morgen zum Flughafen auf. Ich blieb zurück in unserem kleinen Zimmer, heulte wie ein Kind, heulte, heulte, heulte, ohne Geld, ohne Essen, ohne Karen, ohne Karen …

Die nächsten Tage und Wochen brach ich völlig zusammen. Ich war nicht mehr in der Lage zu essen, ich ging zu keiner Arbeit, mit niemandem sprach ich. Ich blieb einfach in dem kleinen Raum sitzen, wo Karen mich verlassen hatte, manchmal schlief ich, dann weinte ich wieder. Ich hatte keinerlei Vorstellung mehr, wie ich weiterleben sollte.

Vielleicht wäre ich in diesem Raum irgendwann gestorben, wenn nicht … eines Tages ein Onkel von mir an der Tür geklopft hätte. Es war Onkel Rafael – Tío Rafael – den ich als Freund meiner Eltern und Großeltern kannte, seit ich ein Kind war. Er war jetzt um die 40 Jahre alt und lebte seit 20 Jahren zusammen mit Onkel Carlitos – Tío Carlitos. Offensichtlich hatte ihn meine Großmutter alarmiert und ihm alles berichtet. Erst jetzt – als er mir hier gegenübersaß und mit seiner tiefen und freundlichen Stimme zu mir sprach – wurde mir mit einem Schlag klar: Tío Rafael war schwul, er war die ganze Zeit schwul gewesen, er und Tío Carlitos waren seit 20 Jahren Geliebte, sie versteckten es nicht, aber niemals hatte jemand darüber gesprochen. Es gab einfach Tío Rafael und Tío Carlitos – und ich erinnerte, daß sie bei allen wichtigen Feiern und Empfängen immer zu zweit dabeigewesen waren. Wie war das möglich? Warum behandelte mich Mutter als kranke, perverse Person – während sie die beiden Schwulen ihr ganzes Leben respektiert hatte?

Onkel Rafael nahm mich mit aus diesem traurigen Zimmer, hinaus aus meinem selbstgewählten Gefängnis. Er redete gar nicht so viel, ich spürte einfach ein tiefes Verstehen auch ohne große Worte. Wie mochte er vor 20 Jahren für sich und seinen Geliebten Carlos um Achtung gekämpft haben? Welchen Preis hatte er dafür zahlen müssen? Onkel Rafael hat, glaube ich, mein Leben gerettet.

Das heißt nicht, daß dieses Leben nun bald einfach wurde. Sehr lange wurde ich von der Sehnsucht beherrscht, wieder mit Karen zusammensein zu wollen. Sie war doch meine erste richtige Liebe, sie hatte mir zum ersten Mal in meinem Leben ein Minimum an Selbstachtung gegeben – aufgrund von Liebe.

Es sollte noch viele Jahre dauern, bis ich wieder bereit war für eine neue Liebe. Einige Monate später verließ ich Uruguay. Ich reiste zu meiner Familie nach Costa Rica, die dort das gute Leben der reichen Oberklasse führte – und ich fuhr nach Oregon, um Karen zu sehen, noch einmal im Leben. Später lebte ich einige Jahre in Boston, bevor ich nach Europa zog.

In Paris schließlich traf ich Ilana – die meine wirklich große Liebe wurde. Zum ersten Mal spürte ich, daß ich als ganzer Mensch lieben kann, daß ich Liebe geben kann, daß ich keine hohen Erwartungen mehr brauche. Ich kann Ilana lieben, so wie sie ist, weil ich mich selbst annehmen kann, wie ich bin. Über neun Jahre nun schon ihr sind ein guter Beweis ...

Lutz van Dijk

Und in Deutschland?

Während der Vorbereitung zu diesem Buch habe ich verschiedene Wege beschritten, um Kontakte zu jungen Lesben und Schwulen aus unterschiedlichen Teilen der Welt zu finden. In manchen Ländern war es möglich, in entsprechenden Zeitschriften Anzeigen aufzugeben, in anderen ging es nur über persönliche Begegnungen, die erst gesucht und vertrauensvoll aufgebaut werden mußten.

Ziel war es, authentische Berichte zu versammeln über Coming-out-Erfahrungen besonders aus jenen Ländern, von denen bekannt ist, daß dort Homosexualität noch immer in besonderer Weise unterdrückt oder gar verfolgt wird. Kann dazu auch ein Land wie Deutschland gezählt werden? Offiziell gibt es seit Anfang der neunziger Jahre keinen Paragraphen mehr, der Homosexuelle vor dem Gesetz benachteiligt. Und seit kurzem sind gleichgeschlechtliche Lebensgemeinschaften sogar gesetzlich anerkannt, wenn auch (noch) nicht der Ehe gleichgestellt. Aber was bedeutet dies in den Köpfen und Herzen der Menschen?

Über Generationen gehörte es zu den „Werten" auch westlicher Gesellschaften, homosexuelle Frauen und Männer auszugrenzen, zu benachteiligen, zu verfolgen, einzusperren, zu verdammen. Christliche Kirchen und weltliche Gerichte waren sich darin einig, daß es nicht zulässig sei, die Liebe zu dem eigenen Geschlecht als gleichwertig anzuerkennen.

Solche generationenlangen Prägungen zu verändern ist leider durch keinen einmaligen Akt allein zu bewerkstelligen. Erst ganz allmählich werden Lesben und Schwule in der Medienwelt von Talkshows und

Soap-operas auf erfreulich selbstverständliche Weise sichtbar. Im Alltag kann es nach wie vor ganz anders aussehen.

Mehr als 50 ausführliche Briefe auf meine Anzeigen kamen allein aus Deutschland. Es hat mich überrascht und erschüttert, mit welchen Ängsten bis hin zu Grausamkeiten offensichtlich nach wie vor viele homosexuelle Jugendliche völlig einsam zu kämpfen haben: Niemand ist so wie ich – und niemandem kann ich davon erzählen!

Stellvertretend für andere, will ich ein paar Zitate aus dem Brief eines 22-jährigen jungen Mannes vorstellen, der ohne Absender vier engbeschriebene Seiten sandte:

> Ich bin im Süden des damaligen Westdeutschland geboren. Mein Vater glaubt, daß Homosexualität durch schlechte Einflüsse in der Kindheit entstehe und man deshalb zu einer „gesunden Liebe" umerzogen werden könne. Meine Mutter hält Homosexuelle für lächerliche, verabscheuungswürdige Zerrbilder, für krank und gefährlich. Mein Bruder äußert sich nur brutal über „die Arschficker", die „verrecken sollen". Das Schlimmste war für mich, als mein Großvater an einem Weihnachtsfest (ich war damals 13 und ahnte es bereits düster) in einem Tobsuchtsanfall herausschrie, alle Homosexuellen gehörten in ein Konzentrationslager und dort vergast, besser noch zu Tode gefoltert …
>
> Das Ergebnis war ein unglaublich großer Haß auf mich selbst. In den letzten Wochen auf dem Gymnasium geschah es dann: Ein Mitschüler verliebte sich in mich. Und was noch schlimmer war: Ich empfand auch etwas für ihn. Dieser Junge war selbst schrecklich unsicher. Trotzdem umarmte er mich ein paarmal, wenn wir endlich mal irgendwo allein waren. Ich hielt in meiner hilflosen Verwirrung still und wußte nicht, was ich tun sollte. Dann drehte ich durch: Eines Tages versteckte ich mich auf unserer Schultoilette und begann, alle Körperteile, die er berührt hatte, mit einem Messer aufzuschneiden. So zerschnitt ich meine Arme, das Gesicht, den Hals, die Brust. Zuletzt schlitzte ich die Pulsadern auf. Es gab einen Skandal, der so gut wie möglich vertuscht wurde. Ich schämte mich furchtbar und sollte beurlaubt werden. Der andere Junge war entsetzt und konnte alles gar nicht fassen. Niemals haben wir darüber gesprochen. So nahm er sich später eine Freundin, obwohl er keine Liebe für sie fühlt. Sie sind noch heute zusammen – und wie ich gehört habe, hat sie sehr unter ihm zu leiden …

Inzwischen habe ich einen zweiten Selbstmordversuch hinter mir. Nach dem Zivildienst begann ich zu studieren. In der Universitätsstadt gab es eine kleine Homosexuellengruppe. Ich brauchte sehr lange, bis ich mich entschließen konnte, dorthin zu gehen. Davon versprach ich mir eine Befreiung und vielleicht Bewältigung der Situation, aber ich wurde sehr enttäuscht. Meine Ängste und Probleme verstanden sie nicht, machten sich lustig, fanden mich verklemmt und altmodisch ...

Mittlerweile habe ich beschlossen, mich aus der Welt zurückzuziehen. Obwohl ich mir eine Partnerschaft sehr wünsche und ersehne, würde ich es nicht aushalten. Und doch weiß ich inzwischen, daß ich kein Einzelfall bin. Der Haß und die Vorurteile gegenüber Homosexuellen verstümmeln nach wie vor unzählige Menschen zu seelischen Krüppeln. Mir bleibt nichts, als fassungslos vor meinen Scherben zu stehen. Ich kann nicht leben mit alledem, was sie mir und was ich mir angetan habe ...

Der junge schwule Mann hat diese Zeilen nicht vor 20 oder 30 Jahren geschrieben, sondern heute, in einer Zeit, in der garantiert auch bis ins Wohnzimmer seiner Familie das Wissen vorgedrungen ist, daß jemand wie der Fernsehtalkmaster Alfred Biolek oder der Berliner Bürgermeister Klaus Wowereit schwul ist oder es inzwischen auch im deutschen Bundestag und einigen Landesparlamenten offen lesbische und schwule Abgeordnete gibt. Wie ist das vorstellbar, daß in manchen Köpfen sich kaum etwas zu ändern scheint, in anderen dagegen ein deutliches Umdenken nicht zu übersehen ist? Wie können wir alle zu Bedingungen beitragen, in denen niemand mehr vor seinen oder ihren Liebesgefühlen Angst zu haben braucht?

Die junge Marokkanerin Nezha Arsim hat in diesem Buch geschildert, wie sie es schafft, in einem islamischen Land nicht nur ein Selbstbewußtsein als Lesbe zu entwickeln, sondern sogar die Initiative zum Aufbau der ersten Frauen-Fußballmannschaft ergreift. Ist es deshalb in Marokko weniger schlimm als in einer christlichen Kleinstadt im südlichen Westdeutschland?

Eine solche Gegenüberstellung verdeutlicht zunächst etwas ganz anderes: Jeder Mensch, seine Geschichte und seine Entscheidungen sind jeweils einzig und niemals verallgemeinerbar. Nezha steht so wenig für alle Lesben Marokkos wie der junge Mann für alle jungen Schwulen in Deutschland. Und trotzdem sind ihre Geschichten nicht beliebig, sondern können uns tiefere Einblicke selbst in gesellschaftliche Strukturen geben, als dies Statistiken oder soziologische Analysen allein vermögen: Wir bekommen eine Ahnung davon, was im Falle Nezhas die bedingungslose Liebe ihrer Mutter auch in einem Land vermag, in dem selbst das Sprechen über die Sexualität einer Frau tabu ist und wie sehr sie ihrer Tochter selbst noch über Tausende von Kilometern Entfernung helfen kann, ihren eigenen Weg zu finden. Und andererseits wird nachfühlbar, wie die haßerfüllte Atmosphäre in einer deutschen Familie einen jungen Schwulen beinahe zerstört – und dies in einer Zeit, da es weithin, sicher in der Medienwelt, allmählich zum guten Ton zu gehören beginnt, nichts mehr gegen Homosexuelle zu haben.

Aber was ist dann die Liebe? Ein zärtliches Gefühl oder ein Rausch der Leidenschaft? Eine einzige wilde Nacht oder ein Versprechen für ein Leben? Vielleicht gibt es so viele Ideale von „wahrer Liebe", wie es Menschen auf diesem Planeten gibt.

Sie alle als Liebe zu erkennen hat der Philosoph Erich Fromm einmal als die „Kunst des Liebens" bezeichnet. Wenn Liebe, auch die Liebe sich selbst gegenüber, unterdrückt wird, braucht es manchmal lange, bis sie einen persönlichen Ausdruck gefunden hat. Beinahe überall ist die Welt voller Klischees und Vorurteile: Was ist ein richtiger Mann? Wie muß eine richtige Frau aussehen? Wie hat der erste Sex abzulaufen? Wer ist schön? Wer ist häßlich?

Diesen bedrohlichen Dschungel zu durchdringen ist nicht immer leicht. Vielleicht hat jede Liebe, die diesen Namen verdient, deshalb auch immer viel mit Mut und Geduld zu tun: dem Mut der Ehrlichkeit gegenüber den eigenen Gefühlen – und der Geduld gegenüber sich selbst und anderen auf dem Wege, sie ausdrücken zu lernen.

Die Geschichten dieses Buches[1] erzählen von Jugendlichen oder Erwachsenen, die sich an ihre Jugend erinnern und die dabei besonders

---

1. Die Geschichten wurden von mir auf der Basis ausführlicher Interviews niedergeschrieben, den jeweils Betroffenen zur Korrektur vorgelegt und anschließend von ihnen zur Veröffentlichung autorisiert.

viel Mut und Geduld beweisen mußten, um ihre Form der Liebe zu verwirklichen. Daß ihre sexuelle Sehnsucht sich dabei auf das eigene Geschlecht richtet, ist an sich nichts Besonderes. Es wird besonders erst dadurch, daß in vielen Gesellschaften Homosexualität lange verfolgt wurde, wie zum Beispiel in Deutschland, oder noch heute offiziell diskriminiert wird, wie in jenen Ländern, aus denen ausführlicher in diesem Buch berichtet wird.

Wie durch ein Brennglas wird dabei deutlich: Liebe ist das Gegenteil von Mißtrauen und Haß, von Gewalt und Krieg – Liebe ist Vertrauen und Zärtlichkeit, Achtung und Befreiung. Liebe macht offen für alle Formen von Liebe.

Im Nazideutschland wurden Tausende von Homosexuellen in Konzentrationslagern gefoltert und ermordet.[2] Wie die Juden mit einem gelben Stern, so wurden schwule Häftlinge mit einem rosa Winkel, lesbische Frauen als „asoziale Elemente“ mit einem schwarzen Winkel gekennzeichnet. Während die meisten anderen Gefangenen 1945, am Ende des Zweiten Weltkrieges und der Hitlerdiktatur, befreit wurden, ging die Verfolgung Homosexueller vielfach danach weiter. Viele mußten die von den Nazis verhängten Strafen in Gefängnissen und Zuchthäusern in Deutschland auch nach 1945 absitzen. Der von den Nazis 1935 in Deutschland verschärfte Paragraph 175 blieb bis zu seiner Reform 1969 in Kraft, völlig abgeschafft wurde er erst 1994.

In Iran gibt es bis heute offiziell die Todesstrafe für Homosexuelle, und in einigen anderen islamisch-fundamentalistischen Ländern werden selbst jugendliche Homosexuelle mit Prügel und Gefängnis bestraft – wie jüngst in Ägypten. Auch in Ländern, in denen keine besonderen Strafgesetze gegen Homosexuelle bestehen, existiert trotzdem nicht selten ein unvorstellbares und häufig verschwiegenes Ausmaß an alltäglicher Gewalt. Kaum ist zum Beispiel in der deutschen Öffentlichkeit bekannt, daß laut einer Meldung des Bundeskriminalamtes

---

2. In früheren Büchern habe ich ausführlicher Biographien homosexueller Männer beschrieben, die die NS-Zeit überlebten, so in *Verdammt starke Liebe: Die wahre Geschichte von Stefan K. und Willi G.* (Aktualisierte Neuauflage Bertelsmann 2001) oder *Ein erfülltes Leben – trotzdem ... Biographien Homosexueller 1933-1945* (Aktualisierte Neuauflage Querverlag in Vorbereitung).

von 1995 pro Jahr in Deutschland rund 30 Männer nur deshalb ermordet werden, weil sie homosexuell sind. Hierbei handelt es sich nicht zuerst um Raubdelikte oder Verbrechen im Prostituiertenmilieu, sondern um Gewalttaten gegenüber schwulen Männern, die als solche erkannt und angegriffen werden – aller Alters- und Berufsgruppen und in kleinen wie großen Städten.

Wieviel schwieriger muß es sein in Ländern, in denen keinerlei öffentliches Auftreten vorstellbar ist, es keine eigenen Zeitungen und freien Treffpunkte gibt? Die Liste der Länder, in denen Lesben und Schwule es besonders schwer haben, ist in diesem Buch keineswegs vollständig. Jedoch selbst in jenen Ländern, die als besonders liberal gelten, bedeutet es für die meisten jungen Menschen nach wie vor, eine besondere Einsamkeit zu durchstehen, bevor der eigene Weg gefunden ist und gelebt werden kann. Noch immer gibt es nur wenig Vorbilder im Alltag – eine Mutter, die lesbisch ist, oder ein Lehrer, der sich zu erkennen gibt als Schwuler, eine Mitschülerin, der Postbote, die Zahnärztin, die Nachbarin, der Elektriker ...

Der bekannte niederländische Innenarchitekt Benno Premsela wurde einmal in einem Interview gefragt: „Als Sie jung waren, herrschten die Nazis in Europa. Sie waren verfolgt und in Gefahr als junger Jude und als junger Homosexueller. Was war schwieriger für Sie?"

„Als Jude wurde ich aufgefangen durch meine Familie", antwortete Benno Premsela. „Als junger Homosexueller wird man im Prinzip nicht aufgefangen. Um es schwarz-weiß zu sagen: Die Familie kann dich hinauswerfen, weil du homosexuell bist. So muß bis heute auch in einem Land wie Holland die Emanzipation immer wieder bei jedem persönlich aufs neue stattfinden."

An einem zweiten Brief, den ich aus Deutschland erhielt, will ich veranschaulichen, wie mühsam, aber doch auch wie letztlich ermutigend so ein Prozeß der Emanzipation, der persönlichen Befreiung, verlaufen kann. Martin Januszewski war 16 Jahre alt, als er im Herbst 1989 von Polen nach Deutschland übersiedelte. Er erinnert sich:

> Es war ein dunkler, regnerischer Oktobertag 1989, als ich mit meiner Mutter Polen verließ, um im Westen nach einer neuen Zukunft zu suchen.

Als ich mich damals zu diesem Schritt entschieden hatte, war mein Schwulsein einer der Gründe für diese Entscheidung. Okay, ich wollte es damals noch nicht wahrhaben, daß ich schwul bin („Ich? Das darf doch nicht wahr sein!“). Aber ich hatte schon bemerkt, daß ich irgendwie anders veranlagt bin – und damit nicht klarkam. Na ja, wenn man fast 17 ist, merkt man es eben ...

Man fühlt einfach, daß einen die Mädchen – sexuell gesehen – nicht die Bohne interessieren und daß man lieber den Jungs in seiner Umgebung Beachtung schenkt, weil man sie eben süßer findet. Wenn aber jemand so wie ich in einem streng katholischen Land aufgewachsen ist, überlegt man es sich tausendmal, bevor man mit der Wahrheit über diese „Sünde“ ans Tageslicht kommt.

So habe ich mich sehr lange verstecken müssen, bevor ich endlich zu mir stehen konnte. Ich muß hier anmerken, daß ich in der Zeit, als ich noch in Polen lebte, total schüchtern war. Ich saß fast die ganze Zeit zu Hause, hatte kaum Freunde, mit denen ich etwas unternehmen konnte. Neben der Schule und den polnischen Pfadfindern gab es für mich kein Leben außer Haus. Ich war wirklich ein typisches Muttersöhnchen. Und dazu auch noch unglaublich naiv ...

Ich dachte, wenn ich in den Westen fahre, wird sich alles ändern. Ich werde mich endlich für mein Schwulsein entscheiden. Ich werde einen netten Freund finden, der mich lieben wird und den ich auch zu lieben lerne ... Einfach „Friede, Freude, Eierkuchen“!

In Deutschland angekommen, konnte ich zuerst nicht so recht merken, daß sich mein Leben veränderte. Doch ja, ich war in meiner neuen „Heimat“! Alles war für mich ungewohnt: die Sprache, das Land, die Menschen. Nur eine Sache war gleichgeblieben – die Einstellung zu meiner sexuellen Orientierung. Ich war weiterhin der verängstigte Junge, der ich schon in Polen gewesen war. Ich konnte mich noch immer nicht entscheiden, ob ich nun „wirklich“ schwul bin oder ob dies als „Phase“ meiner sexuellen Entwicklung vorbeigehen würde.

Vor allem da ich an meiner neuen Schule mit Internat ein paar Mädchen kennengelernt hatte ... mit denen dann aber in den insgesamt viereinhalb Schuljahren überhaupt nichts gelaufen ist. Demgegenüber hatte ich mir schon in Polen vorgestellt, daß, wenn ich in Deutschland in ein Internat kommen werde, es vielleicht endlich mit einem richtigen

Freund klappen würde – frei nach Truman Capote: „Als ich im Internat war, mit 16, war ich noch keine drei Wochen dort, und schon hatte ich mit allen Jungen und dem halben Lehrkörper geschlafen …" Nun gut, ich wollte keine One-night-Stands, aber vielleicht würde ich ja den Einen – den Einzigen – finden.

Da ich nicht nur in der Praxis, sondern auch in der Theorie ziemlich unerfahren war, entschloß ich mich, zu geeigneter Lektüre zu greifen. Neben einigen Büchern über Schwule und Homosexualität, die ich in der Stadtbücherei fand, entdeckte ich einmal an einem Kiosk auch die Frauenzeitschrift *Playgirl*. Die Photos waren eigentlich ganz nach meinem Geschmack, aber mit den Texten stimmte es nicht so ganz. Ich dachte, es müßte doch auch noch etwas anderes geben, was man an einem normalen Kiosk finden könnte. Da ich ständig mit dem Zug unterwegs war (jedes Wochenende von der Schule nach Hause), lag nichts näher, als sich am Bahnhofskiosk umzusehen – und: Überraschung!

Es gab eine ganze Ecke mit mehr oder weniger pornographischen Zeitschriften auch für Homosexuelle. Endlich hatte ich etwas Richtiges fürs Auge gefunden, was aber … viel zu teuer für mich war. Nichtsdestotrotz habe ich es mir öfter gegönnt, so eine Zeitschrift zu kaufen. Vielmehr – ich bin nach einiger Zeit zu dem Entschluß gekommen, selbst in solchen Zeitschriften eine Anzeige aufzugeben, um endlich jemanden kennenzulernen. Ich wußte ja nun bereits, daß ich nicht der einzige „Andere" war, leider kannte ich jedoch sonst keine anderen.

Natürlich hatte ich nicht gleich Glück mit meiner ersten Anzeige, so daß ich mehrfach inserieren mußte, bis sich endlich jemand bei mir meldete. Er war älter als ich und eigentlich überhaupt nicht mein Typ. Ich wollte es aber endlich wissen! Ich wollte mit 20 keine „Jungfrau" mehr sein, ich wollte jetzt erfahren, wie es ist, mit einem Mann zusammenzusein. Deshalb entschloß ich mich, seinen Brief zu beantworten und mich mit ihm zu treffen. Und wenn alles klappen würde, auch mit ihm ins Bett zu steigen …

Meine Wünsche wurden Realität – er wurde zunehmend zärtlicher und intimer … Na ja, außer Petting ist an diesem Abend nichts gelaufen, ich vermute, ich hätte es sonst abgebrochen, weil ich eben noch nicht dafür bereit war. Und danach?

Tja, ich war froh, diese Erfahrung gemacht zu haben, aber ich war auch enttäuscht. Enttäuscht, weil es nicht so toll war, wie ich es mir so lange vorgestellt hatte. Deshalb brach ich den Kontakt zu diesem Mann auch sehr schnell wieder ab und fiel wieder in Grübeleien und Depressionen. Was wollte ich wirklich? War ich schwul oder nicht? Vielleicht bin ich bisexuell? Ich glaube, diese Möglichkeit gefiel mir am besten. Ich brauchte mich nicht festzulegen und konnte das Leben genießen, wie es kam. Es gab nur ein Problem: Ich wollte kein Leben mit einem Mädchen oder einer Frau führen.

Ein paar Monate nach meinem ersten homosexuellen Kontakt wurde ich von meinem älteren Bruder Peter, der schon vor meiner Mutter und mir nach Deutschland gegangen war, zur Rede gestellt. Er berichtete, daß unsere Mutter eindeutige pornographische Schriften bei mir gefunden habe, und da sie sich schon immer geschämt habe, mit uns über „so etwas" zu sprechen, habe sie ihn damit beauftragt. Ich versuchte, das Gespräch auf das Thema Bisexualität zu lenken, und erklärte, daß ich nicht „homo", sondern „bi" sei. So, dachte ich mir, wird es für meine Eltern einfacher, das zu akzeptieren, da sie doch nicht gleich die Hoffnung auf Enkelkinder aufgeben müßten ...

So verging wieder ein Jahr, in dem ich mich versteckte, weil ich noch immer unsicher war. Und dann kam endlich die Erlösung! Ich lernte M. kennen, einen sehr lieben Jungen, der auf eine meiner Anzeigen geantwortet hatte. Wir verstanden uns sehr gut – und mit jedem Treffen war ich immer stärker in ihn verliebt. Es ging soweit, daß ich mich entschloß, nun – richtig und wirklich – mit meinem Coming-out loszulegen.

Innerhalb weniger Tage erzählte ich fast allen meinen Bekannten und Freunden, daß ich schwul sei. Es sprang nur so aus mir heraus. Auch wenn ich das Gespräch einfach nicht anders auf das Thema lenken konnte, sprach ich es doch schließlich immer direkt an: „Weißt du was? Ich bin schwul und habe einen Freund!"

Meine Bekannten waren meistens ziemlich überrascht, weil sie das nicht von mir gedacht hatten. Ich bin aber eigentlich immer auf positives Feedback gestoßen. Dermaßen gestärkt, nahm ich mir vor, es am kommenden Wochenende auch meiner Mutter zu sagen. Ich hatte einfach die

Lügen satt, darüber, wo ich denn jetzt schon wieder hingehen würde oder mit wem ich mich träfe ...

Ich hatte bei meiner Offenbarung allein noch einige Bedenken, ob es der richtige Zeitpunkt wäre, weil mein Vater zwei Monate vorher gestorben war und meine Mutter natürlich über den Schock noch nicht hinweg war. Aber wäre mein Vater noch am Leben gewesen, hätte ich bestimmt lange nicht so offen schwul leben können. Ich hatte immer eine Höllenangst vor seiner Reaktion gehabt.

Ganz einfach ist es trotzdem nicht gelaufen. Ich hatte den ganzen Nachmittag lang versucht, es meiner Mutter irgendwie beizubringen, aber es gelang mir einfach nicht. Als es Abend wurde, ging ich in mein Zimmer, setzte mich vor meinen Computer und schrieb ihr alles, was ich ihr eigentlich hätte sagen wollen:

„Da ich nun weiß, daß ich es nicht schaffen werde, Dir das Folgende ins Gesicht zu sagen, schreibe ich es lieber auf. Ich habe heute den ganzen Tag lang versucht, ein Gespräch mit Dir anzufangen, aber ...

Eigentlich wollte ich so ein Gespräch schon seit über einem Jahr mit Dir führen, aber immer wieder habe ich im letzten Augenblick Angst bekommen, so daß ich wußte, daß es mir nicht über die Lippen kommt:

ICH BIN SCHWUL!!!

Ich weiß, damals habe ich Peter etwas anderes erzählt, aber ich war mir da auch einfach noch nicht sicher. Ich wußte nicht, was ich wollte ... Außerdem hatte ich Angst, wie Ihr darauf reagieren würdet. Ich hatte mir schon öfter vorgestellt, wie ich es Dir sagen möchte, aber ...

Na ja, es gab einige Gründe, warum ich das nicht getan habe. Ich wollte eben, daß Vater das niemals erfährt. Ich, der Lieblingssohn – schwul! Ich wollte es ihm nicht antun. Ich hatte Angst, daß ihn das hätte töten können. Sein Tod war zwar auch ein Schock für mich, hat mir aber (so traurig, wie es auch klingen mag) das Leben erleichtert ...

Es gab aber noch einen anderen Grund. Damals mußte ich mich eben nicht so stark verstecken, weil ich ohnehin solo war. Ich kam normal von der Arbeit nach Hause, ging ausnahmsweise mal ins Fitneßstudio, und das war es auch schon. Aber seit einiger Zeit treffe ich mich mit einem Jungen – und ich habe es satt zu lügen, daß ich mit irgendwelchen Bekannten ausgehe ...

ICH TREFFE MICH EBEN MIT MEINEM FREUND!!!

Ich weiß, ich hätte es schon früher sagen sollen, aber ich habe mich einfach nicht getraut. Erst jetzt, durch die Bekanntschaft mit IHM habe ich die Kraft gefunden, die Sache in Ordnung zu bringen. Und auch wenn ich noch nicht genau weiß, was ich von meinem Freund erwarten kann, will ich endlich über meinen Schatten springen – und offen schwul leben."

Das saß. Und zwar bei uns beiden. Denn meine Mutter erzählte daraufhin, daß sie längst davon wisse, weil mein Vater (sic!) auf meinem Schreibtisch zufällig einen Brief von meiner Freundin aus Polen gefunden und gelesen habe, in dem ihre Reaktion auf mein Coming-out ihr gegenüber geschildert war. Ein Coming-out, das ich eigentlich nur als Probelauf gestartet hatte, um zu gucken, wie meine Umgebung auf solche Neuigkeiten reagieren würde.

Eigentlich war ich nach Mutters Antwort ziemlich sauer. Ich hatte mich so lange gequält, hatte keinerlei Unterstützung von meiner lieben Familie erhalten, obwohl die sich denken konnte, daß ich Probleme habe. Und obwohl meine Mutter ja nun keineswegs völlig unvorbereitet von mir „getroffen" wurde, erleichterte es mein Leben danach nicht. Es kamen viele eigenartige Fragen: Ob ich verführt worden sei? Ob ich mir sicher sei? Ob ich es mit Mädchen versucht hätte? Ob ...

Es war einfach schrecklich. Ich wurde regelrecht verhört, was mein Schwulsein und meinen Freund betraf. Bis meine Mutter zu dem Entschluß kam, daß mein Freund für mich zu jung sei (er war zwei Jahre jünger als ich) und daß er mich verlassen würde, weil er sich selbst noch nicht sicher genug sei. Natürlich versuchte ich, alles abzustreiten und meine Beziehung zu M. in ihren Augen zu retten. Als er dann aber zwei Wochen später Schluß machte, war ich am Ende. Sie hatte recht behalten – ich war wieder allein ...

Eine Sache hatte sich durch mein Coming-out allerdings verändert: Ich brauchte mich nicht mehr zu verstellen, wenigstens nicht vor meinen Freunden, meine Mutter nämlich kann es immer noch nicht richtig akzeptieren. Es gab einfach weiter dieses kleine unscheinbare Wort ABER ... Ich wußte, daß ich mein Coming-out angefangen hatte, daß es für mich sehr wichtig war und daß ich endlich die Möglichkeit hatte, mich über meine Sexualität frei zu äußern, ABER ganz zufrieden war ich damit nicht.

Ich war wieder solo, total verliebt und ... verlassen. Obwohl ich mich endlich geoutet hatte, gab es jetzt Probleme mit meiner Mutter, mit der ich mich bis dahin eigentlich sehr gut verstanden hatte. Ich versuchte, ihre Wissenslücken auf dem Gebiet der Homosexualität durch Artikel aus Zeitungen, die ich für sie abschrieb, auszufüllen. Aber es half nicht besonders. Jeder muß wohl mit so einem „Schock" selbst fertig werden – und keine Erfahrungsberichte von anderen Eltern schwuler Söhne oder lesbischer Töchter haben meiner Mutter helfen können.

So habe ich zum Beispiel immer noch ein schlechtes Gewissen, wenn ich mit meinem neuen Freund telefoniere. Ich weiß, daß meine Mutter nur darauf wartet, daß ich wieder von einem Mann verletzt und verlassen werde, um mir zu zeigen, wohin alle Männerbeziehungen führen. Sie hofft eben, daß ich mich vielleicht doch noch dem „schwachen Geschlecht" zuwende. Ich hoffe dagegen, daß ihre Wünsche in diese Richtung mit der Zeit verblassen mögen, vor allem seitdem sie meinen Freund kennengelernt hat und sah, wie stark er an mir hängt, mich liebt und sich um mich sorgt.

Ich lasse mich aber im allgemeinen nicht so leicht unterkriegen, lebe meine Neigungen frei aus und versuche, mein Leben so gut wie möglich zu meistern. Nur manchmal frage ich mich: Warum mußte es bei mir so lange dauern? Warum konnte ich mich so lange Zeit nicht für mich selbst entscheiden?

Zur Zeit erlebe ich hautnah noch ein zweites Coming-out mit, weil mein Freund sich entschlossen hat, sich gegenüber seiner Mutter zu outen. Wer noch übrigbleibt, ist sein Vater.

Seit der Fertigstellung dieses Textes hat sich erneut einiges in meinem Leben ereignet: Nachdem ich meinem Freund ein Liebesfax geschickt hatte, wurde es von seinem Vater entgegengenommen und gelesen. Die Wirkung dieses Schreibens war verheerend. Ich sei ein Schwein, hieß es, man sollte so etwas vergasen ... Sogar von einer Anzeige war die Rede. Und alles nur, weil ein Lehrer, ein Pädagoge (!), es nicht verkraften kann, daß sein 20-jähriger Sohn schwul ist. Manchmal habe ich wirklich Angst, meinen Freund zu besuchen. Wer weiß, was sich seine Familie schon wieder ausgedacht hat ...

Dabei geht es in meiner Familie langsam bergauf. Nachdem ich mit meinem Freund Schluß gemacht hatte und meine Mutter davon zufällig erfuhr (es ging mir wirklich dreckig danach, und genau in dem Moment hatte sie mich angerufen), hat sie mich, hoffe ich, endlich verstanden. Und als ich mich mit meinem Ex-Freund vereinigt hatte, gestattete sie es, daß er bei mir übernachtete. Das fand ich wirklich toll von ihr! Was sie aber noch nicht weiß – einen Tag später haben wir erneut Schluß gemacht ...

Ich hoffe jedoch, daß wir es schaffen, wenigstens Freunde zu bleiben. Das hat mir nämlich gefehlt, als mein erster Freund damals mit mir Schluß gemacht hatte. Jemanden zum ehrlichen Reden zu haben bedeutet in solch einer Situation beinahe die Welt ...

Gibt es etwas, das die Menschen, die nicht zerbrechen, gemeinsam haben? Gibt es etwas, das die Länder oder Kulturen, in denen Homosexualität unterdrückt wird, gemeinsam haben?

Bei aller Vorsicht hinsichtlich von Verallgemeinerungen ist nicht zu übersehen: In Ländern, in denen Homosexuelle besonders häufig lächerlich gemacht oder zu Zielscheiben von Diskriminierung und Gewalt werden, sind in aller Regel auch andere Minderheiten gefährdet: Ausländer, Behinderte, Obdachlose, religiöse und ethnische Minderheiten. Außerdem besteht fast immer eine harte Unterscheidung, wie ein Mann und eine Frau angeblich zu sein haben. Keine „richtige Frau“ oder kein „richtiger Mann“ zu sein, das ist eine offene Drohung, die auch bei jenen zu nicht unerheblicher Verunsicherung führen kann, die keinerlei homosexuelle Gefühle haben.

In beinahe allen Sprachen existieren vernichtende Schimpfworte für homosexuell liebende Frauen und Männer, die oft schon kleine Kinder kennen und gebrauchen, wobei weder sie noch Erwachsene in aller Regel auch nur die geringste Idee, geschweige denn eine konkrete Anschauung von einer Liebe zwischen zwei Männern oder zwei Frauen haben. Darum geht es eben auch gar nicht, sondern vor allem um die Abwehr der Bedrohung, selbst als „anders" ausgemacht zu werden.

Wie unsinnig die Behauptung ist, daß lesbisch oder schwul immer nur „die anderen" sind, gilt nicht nur auf der persönlichen Ebene, sondern auch auf der gesellschaftlichen: In vielen Ländern Lateinamerikas hält sich das Vorurteil, daß Homosexualität ein typisches Merkmal der „sittenlosen" nordamerikanischen Gesellschaft sei. In Israel ist nicht selten zu hören, daß Homosexualität vor allem in der arabischen Welt gang und gäbe sei, oder der schwarzafrikanische Präsident Robert Mugabe in Simbabwe behauptet, daß Homosexualität von den weißen Kolonisatoren ins Land gebracht worden sei. Dabei ist es viel einfacher: Homosexuell liebende Frauen und Männer hat es zu allen Zeiten und an allen Orten gegeben. Lediglich der Grad ihrer Unterdrückung oder Anerkennung war und ist unterschiedlich.

Diejenigen homosexuellen Mädchen und Jungen, Frauen und Männer, die nicht zerbrechen, trotz aller nach wie vor bestehenden Verachtung und trotz schwieriger Phasen der Einsamkeit besonders in der Jugend, haben eine unübersehbare Stärke, die als Botschaft für alle Menschen gelten kann, die ihren Anspruch auf ein glückliches Leben nicht einfach preiszugeben bereit sind: Steh zu deinen Gefühlen! Lebe, was in dir ist! Such nach Freundinnen und Freunden, die dich verstehen, und nach Lebensformen, die dir entsprechen!

Die umgebende Gesellschaft kann repressiv oder liberal sein – Grundvoraussetzung für die Verwirklichung von Glück ist die Achtung vor sich selbst. So wird vorstellbar, wie unter ähnlichen gesellschaftlichen Bedingungen der eine an Selbstmord denkt und die andere sich erst recht zu engagieren beginnt.

Im Herzen der niederländischen Hauptstadt Amsterdam gibt es, nur einen Steinwurf vom berühmten Anne Frank Haus entfernt, einen Gedenkort besonderer Art: Drei aus rosafarbenem Granit gefertigte und in den Boden eingelassene große Dreiecke erinnern an die Verfolgung homosexueller Frauen und Männer in Geschichte und Gegenwart. Die Steindreiecke, die an die rosa Winkel der homosexuellen KZ-Gefangenen erinnern sollen, symbolisieren Vergangenheit, Gegenwart und Zukunft.

Touristen ruhen sich hier gern aus, zu Füßen der altehrwürdigen Westerkirche und am Ufer der vornehmen Keizersgracht, zumeist ahnungslos, manchmal neugierig wegen der vielen frischen Blumensträuße, die hier zu allen Jahreszeiten zu finden sind. Man muß einen Moment schauen, bis eine Tafel an einem Gitter bei der Gracht entdeckt ist, die erklärt, daß es sich hier um das *Homomonument* handelt, weltweit das erste überhaupt. Neben dem Gedenken an alle homosexuellen Frauen und Männer, die bis heute Opfer von Gewalt wurden, und dem Aufruf, mutig und wachsam in Gegenwart und Zukunft zu sein, lautet der letzte Satz auf dem Schild:

„Dieses Monument soll dir zeigen, daß du nicht allein bist!“

Biographische Notizen

Mary Afdan, geboren 1962 in Hardenberg, Niederlande, ab dem sechsten Lebensjahr aufgewachsen in Indonesien.

Nezha Arsim, geboren 1963 in Casablanca, Marokko.

Saïd B., geboren 1962 in Teheran, Iran. (Der Nachname wird auf Wunsch von Saïd aus Gründen der persönlichen Sicherheit der Familie nicht veröffentlicht.)

Andrés Dukes, geboren 1964 in El Real/Darién, Panamá.

Ilana Elimelech, geboren 1954 in Jerusalem, Israel.

Cedric M. Lepelblad, geboren 1962 in Paramaribo, Surinam.

Elena Locatelli, geboren 1958 in Montevideo, Uruguay.

Andrej Maimulakhin, geboren 1969 in Lugansk, Ukraine (früher: Sowjetunion).

Cecil Bongane Nyathi, geboren 1969 in Soweto, Südafrika.

Nurgül Ol, geboren 1972 in Bursa, Türkei.

Nada Pinterič, geboren 1947 in Split, Kroatien (früher: Jugoslawien).

Rui Sheng, geboren 1962 in Tianjin, China.

Anschriften für Rat und Tat

Bei *amnesty international* (Sektion der Bundesrepublik Deutschland e.V.) gibt es eine

Gruppe gegen Menschenrechtsverletzungen aufgrund sexueller Identität (ai 2918 MeRSI)
Postfach 35 04 49
D-10213 Berlin
lgbt2918@amnesty.de; http://www.amnesty.de/de/2918

Und in der Schweiz gibt es

ai for gays & lesbians
Postfach 509
CH-3000 Bern
aigl_ch@hotmail.com; http://www.amnesty.ch/d/ggd/gg32d.html

Für die Rechte von Lesben und Schwulen setzt sich auch ein die

International Lesbian and Gay Association (ILGA), *European Region*
94, Avenue de Tervueren
B-1040 Brüssel
info@ilga-europe.org; http://www.ilga-europe.org

In Deutschland gibt es in vielen großen und inzwischen auch kleineren Städten Initiativen und Treffpunkte von Lesben und Schwulen, häufig auch besondere Gruppen für Jugendliche.